Goosebumps®

Goosebumps®

Goosebumps®

雞皮疙瘩 6

歡迎光臨惡夢營

Welcome to Camp Nightmare

R.L. 史坦恩（R.L.STINE）◎著

麗妲◎譯

致台灣讀者

讀者們，請小心……

我是R‧L‧史坦恩，歡迎到「雞皮疙瘩」的可怕世界裡來。

你是否曾在深夜裡聽到過奇怪的嚎叫？你是否曾在黑暗中聽到腳步聲——卻根本看不到人？你是否見過神祕可怖的陰影，幽幽暗處有眼睛在窺視著你，或者身後有聲音叫你的名字？

如果是這樣，你應該了解那種奇特的發麻的感覺——那種給你一身雞皮疙瘩、被嚇呆的感覺。

在這些書裡，幽靈在閣樓上竊竊低語；膽顫心驚的孩子忽而隱形；稻草人活了，在田野裡走來走去；木偶和布娃娃也有生命，到處嚇人。

當然，這些都是磨礪心志的好玩的嚇人事。我希望你們感到害怕，同時也希望你們大笑。這都是想像出來的故事。當然，最可怕的地方在你們自己心裡。

過個害怕的一天吧！

RL Stine

Goosebumps 雞皮疙瘩

出版緣起

人生從奇幻冒險開始

何飛鵬
城邦媒體集團首席執行長

我的八到十二歲是在《三劍客》、《基度山恩仇記》、《乞丐王子》中度過的。可是現在的小孩有更新奇的玩具、電玩、漫畫，以及迪士尼樂園等。

八到十二歲，正是孩子從字數極少、以圖畫爲主的繪本閱讀，跨越到漸漸以文字閱讀爲主的時期。也正是訓練孩子從圖像式思考，轉變成文字思考的重要階段。在這個階段，養成長期的文字閱讀習慣，能培養孩子敘事、分析、推理的邏輯思辨能力，奠定良好的寫作實力與數理學力基礎。

然而，現在的父母擔心，大環境造成了習於圖像、不擅思考、討厭文字的一代。什麼力量能讓孩子重回閱讀的懷抱呢？

全球銷售三億五千萬冊的「雞皮疙瘩系列」，正是爲了滿足此一年齡層的孩子的需求而誕生的！

無論是校園怪奇傳說、墓地探險、鬼屋驚魂，或是與木乃伊、外星人、幽靈、吸血鬼、殭屍、怪物、精靈、傀儡相遇過招，這些孩子們的腦袋裡經常出現的角色或想像，經由作者的生花妙筆，營造出一個個讓孩子們縱橫馳騁的魔幻時空、光怪陸離的神奇異界，經歷各種危急險難，最終卻又能安全地化險爲夷。這樣的冒險犯難，無論男孩女孩，無不拍案稱奇、心怡神醉！

本系列作品被譯爲三十二種語言版本，並在全球數十個國家出版，創下了出版史上多項的輝煌紀錄，廣受世界各地孩子的喜愛。作者史坦恩表示，這套作品之所以成功，是因爲多年的兒童雜誌編輯工作，讓他對兒童心理和兒童閱讀需求有了深刻理解——他知道什麼能逗兒童發笑，什麼能使他們戰慄。

我們誠摯地希望臺灣的孩子也能和世界上其他的孩子一樣，有更豐富多元的閱讀選擇。更希望藉由這套融合驚險恐怖與滑稽幽默於一爐，情節緊湊又緊張的「雞皮疙瘩系列」，重拾八到十二歲孩子的閱讀興趣，從而建立他們的閱讀習慣，擁有一個快樂學習的童年。

現在，我們一起繫好安全帶，放膽體驗前所未有的驚異奇航吧！

專文推薦

戰慄娛人的鬼故事

國立臺北教育大學語文與創作系兒童文學教授　廖卓成

這套書很適合愛看鬼故事的讀者。

文學的趣味不止一端，莞爾會心是趣味，熱鬧誇張是趣味，刺激驚悚也是趣味。有人擔心鬼故事助長迷信，其實古典小說中，也有志怪小說一類，《聊齋誌異》就有不少鬼故事。何況，這套書的作者開宗明義的說：「這都是想像出來的故事」，不必當眞。

既然恐怖電影可以看，看鬼故事似乎也無妨；考試的書讀久了，偶爾調劑一下，對頭腦卻是有益。當然，如果看鬼片會連續失眠，妨害日常生活，那就不宜勉強了。

雋永的文學作品，應該有深刻的內涵；但不少兒童文學作品說教有餘，趣味不足。只要有趣味，而且不是害人爲樂的惡趣，就是好的作品。鮑姆（Baum）在《綠野仙蹤》的序言裡，挑明了他寫書就是爲了娛樂讀者。

倒是內行的讀者，不妨考校一下自己的功力，留意這套書的敘事技巧，由主角「我」來講故事，有甚麼效果？書中衝突的設計與化解，是否意想不到又合情合理？能不能有不同的設計？會不會更好？這是另一種引人入勝之處。

導讀

結局只是另一場驚嚇的開始

耿一偉
臺北藝術節藝術總監
臺北藝術大學戲劇系兼任助理教授

不知道大家還記不記得，小時候玩遊戲，比如捉迷藏等，都會有一個人要當鬼。鬼在這個遊戲中很重要，沒有鬼來捉人，遊戲就不好玩。這些遊戲的關鍵特色，不是人要去消滅鬼，而是要去享受人被鬼追的刺激樂趣。所以當鬼捉到人後，不是遊戲就結束，而是下一個人要去當鬼。於是，當鬼反而是件苦差事，因爲捉人沒有樂趣，恨不得趕快找人來替代。所以遊戲不能沒有鬼，不然這個遊戲就不好玩了。

在史坦恩的「雞皮疙瘩系列」中，這些鬼所扮演的角色也是類似遊戲中的鬼，給我帶來閱讀與想像的刺激。各位讀者如果留意一下，會發現在他的小說中，都有一個類似的現象，就是結局往往不是一個對抗式的終局，一種善惡誓不兩立，以消滅魔鬼爲最終目標的故事——這比較是屬於成人恐怖片的模式，不是你死，就是人類全部變殭屍。但「雞皮疙瘩系列」中，你的雞皮疙瘩起來了，可是結尾的時候，鬼並不是死了，而是類似遊戲一樣，這些鬼換了另一種角色，而且有下一場遊戲又要繼續開始的感覺。

礙於閱讀的樂趣，我無法在此對故事結局說太多，但各位看完小說時，可以再回想我在這裡說的，就知道，「雞皮疙瘩系列」跟遊戲之間，的確有類似性。換另一個角度來看，這些主角大多為青少年，他們在生活中碰到的問題，如搬家面對新環境、男生女生的尷尬期、霸凌、友誼等，都在故事過程一一碰觸。

「雞皮疙瘩系列」令人愛不釋手的原因，也在於表面上好像主角是鬼，但讀到一半，你會感覺到，故事的重點不知不覺地從這些鬼怪轉移到那些被追的青少年身上，鬼可不可怕不是重點，重點是被追的過程中，一些青少年生活中的苦悶，也被突顯放大，甚至在故事中被解決了。所以你會在某種程度感受到，這本書的內容是在講你，在講你的生活，在講你的世界，鬼的出現，只是把這些青春期的事件給激化了。

另一個有趣的現象，是從日常生活轉入魔幻世界的關鍵點，往往發生在父母不在身邊，然後主角闖入不熟識空間的時候——比如《魔血》是主角暫住到姑婆家、《吸血鬼的鬼氣》是闖入地下室的祕道、《我的新家是鬼屋》是新家的詭異房間……等等。

因爲誤闖這些空間，奇怪的靈異事件開始打斷平凡無趣的日常軌道，一段冒險展開了，一場你追我跑的遊戲開始進行，而父母們往往對此毫無所悉，不知道自己的兒女在故事結束時，已經有所變化，變得更負責任，更勇敢。

「雞皮疙瘩系列」的意義，也在這個地方。在平凡無奇充滿壓力的青春期校園生活中，有那麼多不快樂、有那麼多鬼怪現象在生活中困擾著我們，但這無法跟家長說，因爲他們不能理解，他們看不到我們看到的。但透過閱讀，透過想像力所引發的鬼捉人遊戲，這些不滿被發洩，這些被學校所壓抑的精力被釋放了。

幸好有這些鬼怪的陪伴，日子不再那麼無聊，世界可以靠自己的力量改變。

終究，在青少年的世界裡，鬼怪並不是那麼可怕，在史坦恩的小說中，也往往會有主角最後拯救了這些鬼怪的情形，彷彿他們不是惡鬼，而比較像誤闖人類世界的外星人……這也是青少年的焦慮，他們正準備降臨成人世界，這件事讓他們起了雞皮疙瘩!!

這句英文怎麼說

我們一路都在荒野中。
We were way out in the wilderness.

1.

露營巴士在狹窄迂迴的公路上顛簸的行駛著，從佈滿灰塵的窗戶望出去，我看到了明亮的黃色天空下，一座座紅色的小山丘綿延著。一棵棵白色的矮樹像柵欄般的沿路排列。我們一路都在荒野中。已經過了一個小時，我們連一間房子或農場都沒看到。

巴士的座椅是硬梆梆的藍色塑膠椅。每當車子碰到顛簸的路面，我們就會從椅子上彈起來，大家就會開始大笑大叫，然後司機就會對著我們咆哮，要我們安靜下來。

車上總共有二十二個小孩子，都是要去參加露營的。我坐在最後一排靠走道的位子，所以可以算出車上的總人數。

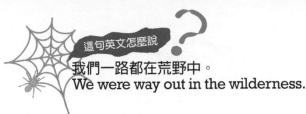

一共有十八個男生，和四個女生。

我想男孩子們都是要去「月夜營地」的吧！我也是要去那裡。女孩子則是要去那附近的女子營地。

女孩子們都坐在車子前排的座位，她們總是輕聲交談著。每隔一會兒，她們就會回頭偷看後面的男孩子。

男孩子們比較吵，我們講笑話、大笑、發出怪聲、大叫著說些蠢事。雖然是長途的巴士旅途，但我們都玩得很高興。

坐在我旁邊的男生是麥可。他坐在靠窗的位子。麥可看起來有點像牛頭犬，他是那種矮胖型的，有張圓嘟嘟的臉、肥肥短短的手臂和雙腿。他有一頭又短又硬的黑髮，而且他總是在搔頭髮，穿著寬鬆的棕色短褲和一件綠色背心。

一路上我們都坐在一起，但是麥可的話並不多。我想他應該是害羞，或是很緊張吧！他說這是他第一次參加外宿的露營活動。

這也是我的第一次。我必須承認，當巴士離家越來越遠，我開始有一點兒想念爸爸媽媽了。

這句英文怎麼說

我有點兒杞人憂天吧！
I'm a bit of a worrier.

我十二歲了，但是從來沒有離家在外過夜的經驗。雖然長途巴士旅行很好玩，但我還是覺得有點兒感傷。

我想麥可也有一樣的感覺吧！

他把他的胖臉貼在窗戶的玻璃上，望著遠處一座接著一座的紅色山丘。

「你還好吧，麥可？」我問。

「哦，還好，比利。」他頭也不回的回答我。

我想起了爸媽。在巴士站的時候，爸媽的表情很嚴肅，我想他們對於我第一次出外露營也很緊張吧。

「我們會每天寫信給你的。」爸爸說。

「全力以赴吧！」媽媽說，並且比平常更用力的抱了抱我。

這眞的有種說不上來的奇怪，媽媽怎麼不說「祝你玩得愉快！」，而是「全力以赴！」呢？

你一定覺得，我有點兒杞人憂天吧！

到目前爲止我所認識的男孩，只有坐在前座的兩個男生。

一個叫柯林，他有一頭長及衣領的棕色頭髮，戴著銀色的太陽眼鏡，所以你看不到他的眼睛。他的動作有點粗魯，頭上還綁著一條鮮艷的紅色印花大手帕。他不時的把它綁上去，又解下來。

坐在他旁邊，座位緊鄰走道的是塊頭又大、嗓門也大的傢伙，叫做杰伊。杰伊三句不離運動的事，不斷的吹噓自己的運動細胞有多好。他喜歡賣弄他粗壯又滿是肌肉的手臂，特別是在有女孩子回頭看我們的時候。

杰伊一直逗弄著柯林，不斷和他打鬧著。他把柯林的頭夾在腋下，把他的頭巾弄得一團糟。你也知道嘛，他只是在開玩笑。

杰伊有一頭雜亂濃密的紅頭髮，看來好像從來沒有梳理過。他有一雙藍色的大眼睛，而且不停的大笑、胡鬧。一路上，他一直說些低級的笑話，還對著女孩子大叫。

「嘿——妳叫什麼名字呀？」杰伊對著一個坐在前排窗戶邊的金髮女孩叫道。

過了好久，女孩都不理他。不過杰伊第四次又大聲問她時，她回過頭，眨了眨她那雙碧眼回答，「我的名字是唐。」然後指了指坐在她身旁的紅髮女孩說：

這句英文怎麼說

他只是在開玩笑。
Just kidding around.

「這是我的朋友，她叫朵芮。」

「嘿——這眞是太神奇了！我也叫唐呢！」杰伊開著玩笑。

有不少男孩子都笑了出來，但是唐一點也不覺得好笑。「眞高興認識你啊，唐。」她對他叫回去，然後轉過身去。

巴士經過了一個坑洞，我們跟著車子彈了起來。

「嘿——比利，你看！」麥可忽然開口，手指向窗外。

麥可已經很久沒開口說話了。

我靠向窗戶，想看看他在指什麼。

「我好像看到了一隻草原大貓。」他說，並且很努力的看著。

「咦？眞的嗎？」我看到一叢低矮的白色樹木，還有很多尖尖的紅色岩石，但是一隻草原大貓也沒看到。

「牠跑到岩石後面去了，」麥可指著外頭。然後他轉過頭來對我說，「你有看到什麼小鎭嗎？」

「我只看到沙漠。」我搖搖頭。

「可是營地不是應該在一座小鎮旁嗎？」他看起來有點擔心。

「不是吧，」我回答，「我爸說，『月夜營地』是在過了沙漠那邊的一片森林裡。」

麥可想了一下這個問題，皺起了眉頭。「這下可好了，要是我們想打電話回家，該怎麼辦？」他問我。

「營區裡應該有電話吧。」我告訴他。

在那同時，我看到杰伊正向前面的女孩子丟了一個東西，看起來像是個綠色的小球。它碰到了唐的後腦勺，而且黏在她的金髮上。

「喂！」唐生氣的大叫。她拿下黏在她頭髮上的綠色小球，「這是什麼東西啊？」她轉過頭來怒視著杰伊。

杰伊尖聲的咯咯笑著，「我也不知道，我在座位底下發現它黏在那兒！」他大聲說著。

唐很不高興，拿起了綠色小球丟回給杰伊，但沒丟中，卻啪的一聲黏到了後面的玻璃窗上。

這句英文怎麼說

我在座位底下發現它黏在那兒！
I found it stuck under the seat!

大家都笑了起來。唐和她的朋友朵芮一臉厭惡的瞪著杰伊。

柯林還是在玩弄著他的紅色大手帕。杰伊整個身體往前溜，坐得很低，並抬起膝蓋頂著前排的椅背。

坐在我前面幾排的兩個男生唱起我們耳熟能詳的歌，不過他們用非常粗俗的字眼改編了原本的歌詞。

其他的孩子也跟著唱起歌來。

突然，毫無預警的，巴士發出一陣長而刺耳的聲音，在一個站牌停住。車子的輪胎因爲煞車，而發出很大的聲響。

我們被嚇得大叫。我從座位上彈了起來，胸口撞到了前面的座位。

「喔！」眞是痛死我了。

當我往後滑落到座位時，我的心臟怦怦的跳著，巴士司機站起來轉身面向我們，步伐沉重的向我們逼近。

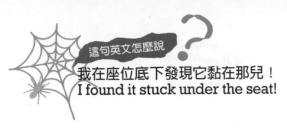

「啊——！」當我們看到了司機的臉，全車的人都驚叫了起來。

他的頭好大一個，而且是粉紅色的，一撮雜亂的亮藍色頭髮豎立在他頭頂上。耳朵又長又尖，大大的紅色眼球從又黑又深的眼窩暴凸出來，在他超大的鼻子前彈跳著。銳利的尖牙從裂開的嘴巴露出來，厚厚黑黑的嘴唇冒出綠色的黏稠液體。

車內一片死寂，我們驚嚇得瞪大眼睛，看著他那怪物般的頭猛的向後仰，發出動物般的吼叫聲。

這句英文怎麼說

他變成一頭怪物了！
He's turned into a monster!

2.

司機的吼叫聲，把巴士的窗戶震得嘎嘎作響。

有幾個孩子被嚇得驚聲尖叫。

麥可和我彎下身來，躲在前排座椅的背後。

「他變成一頭怪物了！」麥可悄悄的說，睜大的眼睛充滿了恐懼。

接著我們聽到巴士前方傳來了大笑聲。

我站了起來，只見司機先生舉起一隻手，抓著他那頭明亮的藍色頭髮。他用力一拉——他的臉就這樣掉下來了。

「啊——！」幾個孩子被嚇得尖叫。

不過我們很快就明白了，在司機先生手上晃啊晃的是一個面具——他一直戴

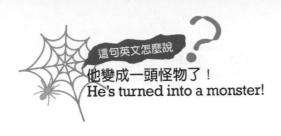

著一副橡皮製的怪物面具。

他本來的臉很正常，我看了之後鬆了一口氣。他的皮膚蒼白，留著短短薄薄的黑髮，藍色的眼睛又細又小。他狂笑著直搖頭，對自己的惡作劇非常得意。

「這一招每次都管用！」他邊說邊把那個醜陋的面具舉了起來。

有些孩子跟著他笑了起來。但是我們大多數的人還是覺得驚恐與困惑，無法理解這到底有什麼好笑的。

突然，他的表情大變。「你們全都給我下車！」他粗暴的命令我們。

他拉起控制桿，巴士門嘶的一聲打開了。

「我們在哪裡啊？」有人喊著。

但是司機先生並沒有回答。他把怪物面具丟向駕駛座，低下頭避免撞到車頂，然後很快的走出巴士。

我向麥可靠過去，朝窗外看，什麼東西也沒有。只看到了一望無際的黃色平原，除了有些地方點綴著一堆的紅色岩石，看起來就是一片沙漠。

「我們怎麼會在這種地方啊？」麥可轉身問我。我知道他真的很擔心。

這句英文怎麼說

也許這裡就是營區吧。
Maybe this is the camp.

「也許這裡就是營區吧。」我開玩笑說。但麥可一點都不覺得好笑。

我們走出巴士時，都覺得很疑惑。麥可跟我是最後從巴士走出來的，因為我們坐在最後面。

午後的太陽高高掛在天上，我一踏上硬梆梆的土地，就立刻用手遮住強烈的陽光。我們來到一片平坦的空地上。巴士停在一塊大小有如網球場的水泥土平臺旁邊。

我跟麥可說，「這應該是巴士站吧！你知道嘛，就像中繼站或轉運站之類的。」

他把手插在口袋裡，踢了踢地上的泥土，不發一語。

在水泥土平臺的另一邊，杰伊和一個我不認識的男生在玩著手推手遊戲。柯林靠在巴士旁，一副很酷的樣子。那四個女孩子圍成一圈站在平臺前面，好像在討論什麼事情。

我看到司機先生走向巴士的另一邊，打開行李箱，把我們的背包跟露營的行李拖出來，放到平臺上。

有幾個小孩坐在平臺邊看著司機先生搬東西。在平臺的另一邊，杰伊和其他幾個男孩子正在比賽，看誰把小紅卵石扔得最遠。

麥可還是一樣把手插在口袋裡，走向滿身是汗的司機先生。「嘿，這裡是哪裡呀？我們爲什麼要停在這裡？」麥可緊張的問他。

司機先生從行李箱的最裡面拖出一個很重的黑色行李。他完全不理會麥可提出的問題。麥可又問了一次，司機先生還是沒有理他。

麥可拖著他的鞋子穿過硬梆梆的地面，慢慢的向我走來。他看起來眞的很擔心。我覺得很疑惑，但是我倒不擔心。我的意思是，司機先生看起來很平靜的從巴士卸下東西。他知道自己在做什麼。

「他爲什麼不回答我呢？爲什麼什麼事都不告訴我們？」麥可追問我。

麥可的緊張讓我很不安，我不想再聽到他問問題了，他讓我也緊張了起來。

我從他身旁走開，沿著平臺走向那四個女孩子站的地方。就在平臺的那邊，杰伊跟他的好兄弟們還是繼續玩著丟石頭的遊戲。

我走近她們時，唐對我微笑，然後很快的把目光移開。我想，她眞的很漂亮。

這句英文怎麼說

我們為什麼要停在這裡？
Why are we stopping here?

她的金髮在陽光下閃閃發亮。

「你從中央城來的嗎？」她的朋友朵芮斜著眼問我，她那張有著雀斑的臉因爲迴避刺眼的陽光而皺了起來。

「不是，我從密德蘭來的，在中央城的北方，靠近澳德瑞契灣。」

「我知道密德蘭在哪裡！」朵芮不客氣的打斷我的話。其他三個女孩子都在笑，我感覺我的臉都紅了。

「你叫什麼名字？」唐問我，用她的碧眼看著我。

「我叫比利。」我告訴她。

「我的小鳥也叫比利耶！」她驚呼。其他女孩子又笑成一團。

「妳們要去哪裡啊？」我立刻接口，急著想改變話題。「我是說，妳們要去哪個營地？」

「月夜營地呀！那裡有一邊是給男孩子們，另一邊是給女孩子的啊，」朵芮回答，「這是『月夜營地』的專車啊！」

「你們的營地就在我們營地旁邊嗎？」我問，我連「月夜營地」開放給女孩子都不知道。

朵芮聳聳肩。唐回答，「我不知道，我是第一次來的。」

「我們都是！」朵芮接著說。

「我也是啊！」我告訴她們，「我覺得很奇怪，爲什麼我們要停在這裡呢？」

女孩子們聳了聳肩。

我看到麥可在我後面走來走去，他看起來更害怕了。我轉身走向他。

「你看，司機先生已經把我們的東西通通拿下來了。」他說，並指給我看。

我轉頭時剛好看到司機先生碰的一聲，把行李箱的門關上。

「到底怎麼回事呀？」麥可叫了出來。

「有人要來接我們了嗎？他怎麼會把我們的東西都卸下來？」

「我去看看發生了什麼事。」我說完便跑向司機。

他就站在車門前面，用他棕色制服的袖子擦著他汗水淋漓的額頭。

他看到我走過來，迅速的爬進巴士裡。當我走到車門時，他坐進了駕駛座，拉下了頭頂上的一塊綠色遮陽板。

這句英文怎麼說

我去看看發生了什麼事。
I'll go find out.

「有人會來接我們嗎？」我向他喊著。

出乎我意料的，他拉動了拉桿，巴士門碰的一聲在我面前關上。引擎發動了，發出很大的聲響，一陣陣的灰煙從排氣管噴了出來。

「喂——！」我尖叫著，生氣的敲打著車門。

巴士要開走時，我連忙跳開才不會被撞到，巴士輪胎在堅硬的泥土上轉動著，發出刺耳的吱吱聲。

「嘿！」我對他大喊，「你也不用把我輾過去吧！」

巴士轟隆隆的開上路面，我憤怒的盯著它離開。接著我轉身面向麥可，他站在那四個女孩子旁邊。他們看起來都非常惶恐。

「他……他走了耶，」當我走向他們，麥可結結巴巴的說著。「他就這樣把我們丟在這個荒郊野外！」

我們望著遠去的巴士，直到它消失在變暗了的地平線上。大家都變得很安靜。過了一會兒，我們聽到了令人毛骨悚然的動物號叫聲。很接近，而且越來越近。

3.

「那……那、那是什麼？」麥可結結巴巴的問。

我們轉身朝向那刺耳的叫聲。

那些聲音似乎來自平臺的另外一邊。一開始我以爲是杰伊、柯林還有其他人在跟我們開玩笑，故意裝出動物的號叫聲來嚇我們。

但是，我看到杰伊、柯林他們眼睛睜大、驚恐的表情，站在原地動也不敢動。

原來，那些聲音不是他們發出來的。

號叫聲越來越大，也離我們越來越近。

感覺上是對我們發出警告。

我往平臺前的遠方看去，我看到牠們了——一群小小、深色的動物，牠們把

這句英文怎麼說

或許這樣可以把牠們嚇跑！
Maybe we can scare them away!

身體壓得低低的，快速的在平原上翻滾著。牠們朝我們衝過來時，頭還上下搖動著，發出興奮的尖叫聲。

「這是什麼東西啊？」麥可叫著向我靠了過來。

「牠們是大草原野狼嗎？」朵芮顫聲問道。

「但願不是！」其中一個女孩子叫了出來。

我們爬上了平臺擠成一團，躲到我們的行李跟背包後面。

那些動物成群結隊的靠近我們時，牠們的號叫聲越來越大。牠們像一陣風，穿過平坦的草原向我們奔來。

「救命啊，誰來救救我們啊！」我聽到麥可在尖叫。

在我旁邊的杰伊，手裡還握著兩顆剛剛丟石頭比賽時撿的紅色小石頭。「快撿石頭！」他瘋狂的大叫，「或許這樣可以把牠們嚇跑！」

那些動物突然在平臺前幾公尺的地方停下來，恫嚇似的用後腳站了起來。

我擠在麥可跟杰伊中間，清楚的看到牠們。牠們可能是野狼或野貓之類的貓科動物。牠們筆直站立，將近有一公尺高。

牠們的身體修長纖細，可以說是骨瘦如柴，身上的紅棕色毛皮有著斑點，爪子露出銀色的長指甲。牠們的頭跟身體一樣瘦長，小小、紅色黃鼠狼似的眼睛貪婪的盯著我們。牠們的長嘴巴迅速的一張一闔，露出了兩排亮銀色、像短劍一樣的牙齒。

「不！不！救命啊！」麥可把頭埋進膝蓋。他的身體因爲驚恐而抽搐著。

有幾個孩子嚇得哭了出來，其他人則不敢出聲，瞠目結舌的凝視著行進中的動物們。

我被嚇得連叫都叫不出來、動也不敢動、什麼事都不敢做。

我盯著那一列動物看著，心怦怦的跳著，嘴巴像棉花一樣乾燥。

動物們忽然安靜下來，牠們站在離平臺不遠的地方看著我們，張開嘴巴大吼了一聲，牠們看起來很飢餓，嘴邊吐出了白沫。

「牠、牠、牠們準備要攻擊我們了！」一個男孩子喊叫著。

「牠們看起來很餓！」另一個女孩子也跟著說。

牠們嘴裡流出的白沫慢慢佈滿了尖銳的牙齒，牠們不斷張開又闔上嘴巴，聽

這句英文怎麼說

牠們看起來很餓！
They look hungry.

來像是無數個鋼製陷阱被觸動而闔上了。

突然間，其中一隻動物跳上了平臺邊緣。

「不！」幾個孩子一起哭叫了起來。

我們緊緊縮在一起，想要躲在行李跟背包後面。

另外一隻也爬上平臺，第三隻也上來了。

我向後退了一步。

我看到杰伊將一顆紅石頭丟向了其中一隻想要前進的動物，可是石頭卻落在平臺上彈開了。

牠們並沒有因此被嚇到，反而拱起背，準備要攻擊。

牠們發出了吱吱喳喳、高八度的尖叫聲。

牠們開始向我們移動，越來越靠近。

杰伊又丟了另一顆石頭。

這次丟中了另外一隻，牠發出了刺耳的尖叫聲，但還是不斷前進，發紅的眼睛瞄準了杰伊，下顎飢渴的開了又闔上。

「走開！」朵芮顫聲叫著，「你們回去！走開！走開！」但是她的呼喊一點用都沒有。

那群動物還是一直前進。

「跑！快跑！」我催促著大家。

「我們跑不過牠們的！」有人大叫。

尖銳刺耳的吱喳聲越來越大，震耳欲聾！我們被一整排音牆給包圍了。

這群醜陋的動物壓低了身體要向我們猛撲。

「跑！」我又說了一次，「快跑啊！」

我的腳卻一點也不合作，像是橡膠般的軟弱無力。

我轉身向後跑想躲開牠們，結果卻跌落在平臺上。

我的後腦勺撞到地面，眼冒金星。

我知道，牠們就要撲向我了。

我躲不開的。

這句英文怎麼說

我躲不開的。
I can't get away.

4.

我聽見野獸攻擊時像警報器般的號叫。

我聽到牠們的長爪子刮過平臺發出的刺耳的嘎嘎聲。

我聽到參加露營的人受驚嚇發出的尖叫聲和哭喊聲。

我拚命掙扎，想要爬起來，突然，聽到了震耳欲聾的巨響。

剛開始，我還以爲有東西爆炸了。

我以爲是平臺被炸開了。

我回頭一看，看到的卻是一把來福槍。

又一聲槍響，白色的煙霧在空氣中瀰漫。

那些動物們驚慌失措的四處逃竄，牠們壓低著身體，雜亂的皮毛刮過地面，

夾著尾巴飛也似的逃跑了。

「哈哈！看，牠們跑了！」只見一個男人肩上扛著一把來福槍，看著那群動物撤退了。

他的身後停著一輛綠色的長型巴士。

我爬起來，拍拍身上的灰塵。

每個人都在歡呼，高興的跳上跳下，慶祝在千鈞一髮之際得救了。

我因爲過度驚嚇而呆愣著。

「牠們跑得跟長耳野兔一樣快！」那個男人說。接著他放下了來福槍。

過了一會兒，我才明白他是從那輛露營巴士下來解救我們的。因爲動物的叫聲，所以我們沒聽見巴士駛近的聲音。

「你還好吧，麥可？」我問，一邊走向我那位看來驚嚇過度的新朋友。

「我想，」他不太確定的回答我，「我想我應該沒事吧。」

唐拍拍我的背，露出笑容，「我們沒事了！」她大聲說。「我們全都沒事了！」

這句英文怎麼說

我們上車吧！
Let's load up.

我們聚集在拿著來福槍的男人面前。

他是個大個子，臉紅咚咚的，除了頭的四周還有一圈黃捲的頭髮之外，可以說全部禿光了。他巨大的鷹勾鼻下蓄著金色的小鬍子，黑色的小眼珠在濃密的金色眉毛底下轉著。

「嗨！小傢伙們！我是艾爾叔叔，是你們親切的營地領隊。希望你們玩得愉快，歡迎來到月夜營地！」他用低沉的聲音說著。

我只聽到幾聲喃喃的回應。

他將來福槍放在巴士旁，慢慢的走向我們，仔細端詳著我們的臉。他穿著一條白短褲和一件亮綠色的短袖T恤，他的啤酒肚還把衣服給繃得緊緊的。另外兩個年輕人從巴士走出來，也是一樣的穿著，臉上的表情很認真嚴肅。

「我們上車吧！」艾爾叔叔用低沉的聲音指示他們。

他沒有爲他的遲到道歉。

他沒有解釋那些怪異的動物到底是怎麼回事，也沒有安撫受到驚嚇的我們。

另外兩位夏令營的管理員開始搬行李，將它們一個個塞進巴士的行李箱。

「看來今年的團隊還不賴，」艾爾叔叔大喊著。「過了河之後，我們會先讓女孩子下車。接著我們會讓男孩子適應一下新的環境。」

「那些可怕的動物是什麼？」朵芮大聲的問著艾爾叔叔。

他似乎沒聽見她的問題。

我們陸續走上巴士。我在隊伍的後面找到麥可。他的臉色慘白，一副驚魂未定的樣子。

「我……我真的好害怕！」他承認。

「不過，我們已經沒事了，」我向麥可保證。「現在我們可以放輕鬆，好好的玩了。」

「我真的好餓喔，」麥可埋怨著，「我一整天都沒吃東西了。」

其中一個管理員無意間聽到麥可說的話，就告訴他，「到了營地，吃完飯就不會餓了。」

我們擠進巴士裡。我坐在麥可旁邊，聽到他的肚子咕嚕咕嚕的叫著，害我也肚子餓了。我迫不及待想要看到「月夜營地」長什麼樣子，只希望到那裡不用花

這句英文怎麼說

那些可怕的動物是什麼？
What were those awful animals?

太久的時間。

「我們離營地有多遠啊？」我問艾爾叔叔。他正坐進巴士的駕駛座。

他似乎沒有聽到我說的話。

「嘿！麥可，我們正在前往營地的路上呢！」當巴士發動時，我開心的跟麥可說。

麥可勉強的擠出一絲笑容。「眞高興我們要離開這裡了！」

令我驚訝的是，我們坐上巴士不到五分鐘就到了營地。

我們都低聲埋怨著，既然這段路這麼近，爲什麼第一部巴士不載我們直接到目的地呢？

我們看到一塊大大的木頭，上面寫著「月夜營地」。接著艾爾叔叔將巴士開進一條長滿矮樹、鋪著碎石子的小路。

路旁有一條河水混濁的小河，迎面而來的是一陣陣的涼風。幾座小木屋映入眼簾後，「女孩子們的營地到了。」艾爾叔叔向大家宣布。巴士停下來讓四個女孩子下車。

唐走下車時還向我揮手道別。

幾分鐘後，我們抵達男孩子的營地。透過車窗，我看到一排小小的白色小屋子。在小山坡的頂端，有一間白色牆瓦的大屋子，可能是一間會議堂或餐廳。

在原野的邊緣，有三位夏令營管理員在大石頭做成的烤肉坑中生火，他們都穿著白短褲跟綠短袖T恤。

「嘿，我們等一下要野炊呢！」我大聲告訴麥可。我開始覺得興奮了。

麥可也笑了，但是整個人有氣無力的，可能是肚子餓的關係。

巴士在一排營地小屋的盡頭停下來。艾爾叔叔從駕駛座上站了起來，轉身面向我們，「歡迎來到美麗的月夜營地！」他大聲叫著，「下車去排好隊，我們會分配你們的床位。你們把行李放好去吃晚餐，我會在營火那邊和你們會合。」

我們鬧哄哄的急忙走下巴士。我看到杰伊熱情的拍了拍另一個男孩子的背。我們都感覺舒服多了，把剛剛經歷的危險都拋到九霄雲外。

我下車後，深深的吸一口氣，涼爽的空氣既香甜又新鮮。在山坡頂上的白色集會堂後面，我看到一長排的矮常青樹。

這句英文怎麼說

歡迎來到美麗的月夜營地！
Welcome to beautiful Camp Nightmoon.

我就位排隊時，環顧四周想看看濱水區在哪裡。我聽到了潺潺的水流聲從濃密的常青樹後傳了出來，不過我沒看到河流。

麥可、杰伊、柯林，還有我被分配到同一個房間，房間名字就叫做四號小屋。我還以爲小屋會有一個比較有趣的名字，不過它是按照號碼分的，就叫做四號小屋。

小屋眞的很小，天花板很低，兩邊有窗戶，只能容納六個人。屋子的三面牆邊各擺了上下鋪的床架，最後一面牆擺設幾排高架，屋子中央只剩下一小塊四方形的空間。小屋裡沒有衛浴設備，我想應該是在另一棟建築物裡。

當我們四個人走進小屋，發現其中一張床已經有人整理過了，綠色的毯子整齊的摺疊著，還有幾本運動雜誌和一臺錄放音機。

「那張床一定是管理員的。」杰伊說，他還跑去察看那臺錄放音機。

「希望我們不用穿那件醜得要命的綠色T恤。」柯林笑著說。他還是戴著他的銀色太陽眼鏡，儘管太陽已經下山，小屋裡幾乎跟晚上一樣暗。

杰伊爬上了其中一張床的上鋪，柯林則選了跟他同張床的下鋪。

「我可不可以睡下鋪？」麥可問我，「我睡覺時會翻來翻去的，我怕我會從上面滾下來。」

「可以，沒問題。」我回答他。我想睡上鋪，我想應該會比較好玩。

「希望你們睡覺時不會打呼。」柯林說。

「反正我們不會睡覺，」杰伊說，「我們整夜都要開派對！」他開玩笑的拍拍麥可的背，但他打得太用力了，害麥可整個人撞到了衣櫥。

「嘿！」麥可埋怨的說，「痛死我了！」

「對不起啦，我不知道自己力氣有這麼大！」杰伊回答，並對著柯林露出一絲微笑。

小屋的門打開了，一個紅頭髮、滿臉雀斑的人走進來，他手裡拿著一個灰色的大塑膠袋。他又高又瘦，穿著白短褲跟綠色的營地短袖T恤。

「嘿！伙伴們，」他邊說邊把灰色的袋子放在地板上。他看了看我們，然後指著袋子說，「這是你們的床具，整理整理你們的床鋪吧！試著整理得跟我一樣整齊。」他指了那張在窗戶旁邊，有錄放音機在上面的床鋪。

這句英文怎麼說

我就是那位幸運兒！
I'm the lucky one.

「你是我們的管理員嗎？」我問他。

他點了點頭，「是啊，我就是那位幸運兒！」說完就轉身走了出去。

「你叫什麼名字啊？」杰伊在他後面喊。

「賴利。」他推開小屋的門，「等一下你們的行李會送到這裡來，」他說，「你們可以跟那些抽屜拚看看，有兩個抽屜卡住了。」

他走出去，轉身對我們說，「離我的東西遠一點！」然後用力的關上門。

從窗戶看出去，我看到他大步大步的走遠，步伐又大又快，邊走還邊擺動著頭。

「大好人一個啊！」柯林諷刺的嘀咕著。

「眞是親切啊！」杰伊補了一句，搖了搖頭。

接著我們撲向那個塑膠袋，把床單跟毛毯拉出來。杰伊跟柯林爬上了其中一張比較柔軟的毯子上，玩起摔角遊戲。

我丟了一件床單到床上，打算爬上床去把它鋪好。

我正爬到一半時，麥可突然尖叫。

5.

麥可在我床鋪的正下方整理床鋪。他突然叫得好大聲，嚇得我也叫出來了，還差點從梯子上摔下來。

我立刻從梯子上跳下來，心怦怦的猛跳著，然後走向他。

他目不轉睛的看著前方，嘴巴開著大大的，一步步的向後退。

「麥可，你怎麼了？」我問他，「你看到什麼了？」

「是……是蛇！」麥可結結巴巴的說，他一邊向後退，一邊盯著還沒整理好的床鋪。

「哪裡？」我順著他的目光看過去，但是實在是太暗了，看不到任何東西。

柯林笑說，「別再開那種老掉牙的玩笑了！」

這句英文怎麼說

別再開那種老掉牙的玩笑了！
Not that old joke.

「賴利放了條橡皮蛇在你床上。」杰伊走到我們旁邊大笑的說著。

「那不是橡皮做的！是眞的蛇！」麥可堅持的說，而且他的聲音在發抖。

杰伊搖搖頭笑說。「我眞不敢相信你居然會被這種老套的玩笑給騙了。」他走向麥可的床鋪，然後停下來，「哇！」

我走近看看，眞的是兩條蛇。牠們在陰暗處高高豎起身體，昂起細長的頭又向後一拉，作勢要攻擊。

「眞的是蛇！」杰伊向後轉，對著柯林叫著，「而且有兩條！」

「也許牠們沒有毒。」柯林大膽的靠近牠們。

那兩條蛇發出生氣的嘶嘶聲，豎直了高高的身體。牠們的身體又細又長，頭居然比身體還寬。牠們威嚇似的拱起身體，還不停的吐信。

「我怕蛇。」麥可小聲的說。

「牠們可能還比較怕你呢！」杰伊笑說，拍了一下麥可的背。

麥可縮著身體，沒有心情理會杰伊的玩笑話。「我們應該要找賴利或誰來幫忙。」麥可說。

「不行！」杰伊堅持說著。「你可以自己解決牠們，麥可，才不過兩條蛇而已。」

杰伊玩笑似的把麥可推向床去，想要嚇嚇他。

可是麥可被絆倒了，而且，還跌到床上去。

那兩條蛇一起瘋狂的衝向麥可。

我看到其中一條蛇咬住了麥可的手。

麥可整個人縮成一團。一開始他沒有反應，接著，發出了尖叫聲。他的右手背上冒出兩滴血，他盯著血看，然後抓住了手。

「牠咬我！」他大叫。

「喔！天啊！」我也叫了出來。

「牠咬穿了你的手嗎？」柯林問他，「你流血了嗎？」

杰伊抓住了麥可的肩膀說，「我、我眞的很抱歉，我不是故意要……」

「好……好痛喔！」麥可痛苦的呻吟著，他突然呼吸困難，整個人喘不過氣，發出粗重的鼻息。

這句英文怎麼說

你最好快去找護士。
You'd better hurry to the nurse.

那兩條蛇在他床鋪的中間盤成一團，又開始發出嘶嘶的叫聲。

「你最好快去找護士。」杰伊說，他的手還是放在麥可的肩膀上。「我跟你一塊兒去。」

「不……不用了，」麥可又結結巴巴了。他的臉慘白得跟鬼一樣，緊緊握住杰伊的手，「我去找她！」接著快速跑出小屋，小屋的門在他身後重重的關上了。

「嘿……我不是故意要推他的，你們知道的，」杰伊向我們解釋，我知道他非常懊悔。「我只是想跟他開開玩笑，嚇嚇他而已。我沒有想要把他推倒或是傷害他……」他的聲音聽起來很沮喪。

「這兩條蛇怎麼辦？」我指了指那兩條盤成一圈的蛇。

「我去找賴利。」柯林說，他走向門口。

「不，等等。」我把他叫了回來，「你看，牠們正好在麥可的床單上。」

杰伊跟柯林隨著我的眼光望向了床。那兩條蛇挺起身體，作勢要再咬人。

「所以呢？」杰伊問，搔了搔頭髮。

「所以我們就把牠們包在床單裡，拿到外面去丟掉。」我說。

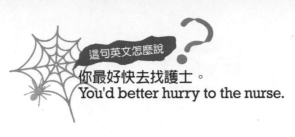

「我怎麼沒想到！就這麼做吧，各位！」杰伊看著我說。

「你們會被咬到的。」柯林警告我們。

「牠們應該沒辦法透過床單咬到我們！」我盯著蛇，牠們似乎也在端詳我。

「可是牠們會想盡辦法咬啊！」柯林大聲嚷著，他畏縮著不敢前進。

「只要我們的動作夠快，」我謹慎的向著床走去，「就可以出其不意，把牠們包起來。」

蛇又發出嘶嘶聲警告著，把身體豎得更高了。

「奇怪，牠們是怎麼進來的？」柯林問。

「也許這個營區到處都爬滿了蛇，」杰伊露出牙齒笑著說，「你床上可能也有一條，柯林！」

「正經點！」我嚴肅的說，目光鎖定那兩條盤成一圈的蛇。「我們到底要不要試試看？」

「就這麼辦！」杰伊回答，「我欠麥可一份人情。」

柯林還是沉默著。

這句英文怎麼說

正經點！
Let's get serious here.

「我想我來抓住其中一條蛇的尾巴，把牠丟到窗外去，」杰伊說，「你抓另外一條的尾巴，然後……」

「我們還是先試試我的計畫。」我冷靜的建議他們。

我們躡手躡腳走過去，悄悄站在牠們的上方，這其實有點蠢，因爲牠們始終緊盯著我們。

我指向床單的一角，不巧，床單包住了床。「抓住那一邊，」我指示杰伊，「然後把它拉起來。」

「萬一我沒弄好呢？或是你失敗了呢？」杰伊猶豫了。

「那我們就麻煩大了，」我冷冷的回答他。我的眼睛盯著蛇，手伸向床單的另一角。「準備好了嗎？數到三。」我小聲說。

我的心臟快要跳出來了，勉強的喊出，「一、二、三！」

數到三時，我們各自抓起了床單的一角。

「拉起來！」我大叫，簡直不敢相信這是我發出來的聲音。

我們把床單拉起來，然後把四個角綁在一起，捆成一個包裹。

床單裡，那兩條蛇瘋狂的想要掙脫。我聽到牠們的嘶咬聲，牠們奮力蠕動著，床包猛烈的晃動著。

「牠們生氣了。」杰伊說。

我們快步走到門邊，提著那個搖來晃去的床包，盡量離得遠遠的。

我用肩膀把門推開，快步跑到草地上。

「現在該怎麼做？」杰伊問。

「繼續走啊。」我回答，然後我看到其中一條蛇伸出頭。「快一點！」我說。

我們經過了幾間小屋，跑向一叢矮灌木，灌木叢的另一邊，還有一排矮樹。

我們跑到樹旁，把包裹向後甩，將整個床單丟進樹林裡。

床單掉到地上整個打開了，那兩條蛇馬上連滾帶爬的溜走，躲進了樹叢。

杰伊跟我鬆了好大一口氣，我們在那裡站了一會兒，手扶著膝蓋，背拱起來，試著讓自己的呼吸恢復正常。

我蹲下來找那兩條蛇，發現牠們早就不見蹤影。

「我想我們應該要把麥可的床單拿回來吧！」我站起來說。

這句英文怎麼說

謝謝你的大力幫忙。
Thanks for all your help.

「說不定他根本不想要睡在那條床單上。」杰伊說，但是他還是伸手去把床單拿起來，並把床單揉成一團丟給我。

「上面可能有蛇的毒液呢。」他做了一個噁心的表情。

我們回到小屋時，柯林已經把床整理好，把他行李裡的東西，一樣一樣的塞進衣櫥抽屜裡。我們進小屋時，他轉過頭來問，「牠們怎樣了？」一副若無其事的樣子。

「太恐怖了！」杰伊立刻接口，一臉猙獰的表情。「我們都被咬了，還被咬了兩次！」

「你說謊的技術很差！」柯林笑著說。「你根本騙不了誰。」

杰伊也跟著笑了。

「多虧你了。」柯林轉過來對我說。

「謝謝你的大力幫忙。」杰伊譏諷的對柯林說。

柯林正要回答，這時，小屋的門開了，賴利的臉探進來，「進行的怎麼樣？」他問，「你們還沒整理完嗎？」

「我們遇到了點小問題。」杰伊說。

「還有一個傢伙跑到哪兒去了？胖胖的那一個呢？」賴利問著，他進小屋時還壓低著頭，避免撞到門框。

「麥可被蛇咬了。」我說。

「他的床上有兩條蛇。」杰伊接著說明。

賴利面無表情，好像一點兒也不意外。「所以，麥可到哪裡去了？」他一副不在意的模樣問著，還用力拍打他手臂上的一隻蚊子。

「他的手流血了，去找護士包紮了。」我說。

「啊？」賴利的嘴張得大大的。

「他去找護士了。」我又說了一次。

賴利突然仰頭大笑。「找護士？」他大聲的說，狂笑不已。「他去找護士？」

6.

門開了，麥可回來了，他還是緊握著受傷的手。他的臉很蒼白，表情相當害怕。

「他們說這裡沒有護士。」他說。接著他看到賴利坐在他的床鋪上。

「賴利，我的手……」麥可說。他把手抬得高高的，好讓賴利可以看到，他滿手都是鮮血。

賴利彎下身體，對麥可說：「我想我有繃帶。」他從他的床鋪下拉出一個細長的黑色箱子，開始東翻西找。麥可站在他旁邊，握著他的手，有幾滴血濺到了地板上。

「他們說營地連一位護士也沒有。」麥可又說了一次。

這句英文怎麼說

他去找護士了。
He went to found the nurse.

「如果你們在這裡受了傷，」賴利搖搖頭，正色對麥可說，「你們只能靠自己。」

「我覺得我的手腫起來了。」麥可說。

「浴室在這排小屋的盡頭。」賴利拿了一捲繃帶給麥可，然後他闔上了箱子塞回床底下。「去把傷口洗一洗，包上繃帶。快一點！要吃晚飯了。」

麥可右手緊緊握住繃帶，快步走出去，好遵照賴利的指示做。

「對了，你們是怎麼把蛇弄走的？」賴利問，環視著小屋四周。

「我們用麥可的床單把牠們包起來，拿到外面去丟掉。」杰伊說，還指了指我，「這是比利的點子。」

賴利凝視著我。「哇！眞感動呢，比利，」他說，「你眞的很勇敢喔，老兄。」

「也許是遺傳我爸媽，」我說，「他們是科學家，有點像是探險家。他們每次都去蠻荒的地方探索，一去就是好幾個月。」

「嗯，月夜營地也算是蠻荒的地方，」賴利說。「你們最好小心一點！我警告你們，」他的表情突然嚴肅起來，「月夜營地裡沒有護士，艾爾叔叔可沒要我

這句英文怎麼說

你們只能靠自己。
You’re on your own.

們把你們捧在手掌心。」

晚餐的熱狗全是焦的，但是我們實在是太餓了，也就不在乎了。我不到五分鐘就狼吞虎嚥的把三根熱狗吞進肚子裡，我這輩子從來沒有這麼餓過。

在一片平坦的空地上，一圈白色的圓石環繞著營火。我們後面就是那棟白色的大瓦屋，若隱若現的佇立在傾斜的小山丘上。我們前方有一排濃密的樹，就像一道牆，擋住了前面的小河。

從樹叢間的隙縫望過去，我看到遠處，小河的另一邊有營火閃爍著。我想，那應該是女生的營區。

我想到了唐跟朵芮。不知道我們兩個營隊會不會聚在一起，這樣我們就可以再見面了。

營火晚餐似乎帶給大家好心情，杰伊是唯一向我抱怨熱狗燒焦的人。雖然，他已經吃了四、五根的熱狗！

麥可因爲手包著繃帶，所以吃東西有點困難。當他吃下了第一根熱狗時，眼淚都快要掉下來了。吃完晚餐，他的心情好多了，雖然他受傷的手有一點點腫，不過他說已經沒有之前那麼痛了。

管理員約有八到十個人，很容易辨別，因爲他們都穿著一樣的白色短褲跟綠色短袖上衣，看起來都只有十六、七歲。他們安靜的一起吃晚餐，離我們這些參加露營的人遠遠的。我一直注意看著賴利，不過他一次都沒有轉過來看我們。

我想賴利這個人，不是非常害羞，就是非常不喜歡我們。

突然，艾爾叔叔站了起來，伸出雙手示意我們安靜下來。

「歡迎你們來到月夜營地，」他開始說了，「希望你們都已經把行李裡的東西整理好了，也希望你們在小屋裡覺得舒服。我知道你們大多都是第一次來參加露營的。」

他說話的速度很快，句子之間沒有稍做停頓，一副他講了幾千次同樣的話，而且急著要趕快講完。

「我要告訴你們一些基本的規定，」他繼續說，「首先，晚上九點鐘準時熄燈。」

這句英文怎麼說

晚上九點鐘準時熄燈。
Lights out is at nine sharp.

一大堆人低聲抱怨著。

「你們不要以爲不遵守這條規定也沒關係，」艾爾叔叔繼續說，不理會他們的反應。「你們別想從小屋偷溜出去見面，或是沿著河邊散步。我現在警告你們，這是不被允許的，而且我們有很好的方法讓你們遵守這條規定！」他停了一下，清清喉嚨。

有幾個男孩子咯咯地笑著。就在我對面，杰伊打了好大一聲嗝，又引起了更多的笑聲。

艾爾先生似乎充耳不聞。「河的另一邊是女孩子的營區，」他繼續大聲說，手指向樹叢那邊。「你們可能看得到她們的營火。我鄭重的告訴你們，不論用游泳或划船的方式，去女生的營地是絕不允許的。」

有幾個男孩子咕噥得更大聲了，這讓每個人都笑了，有些管理員也笑了出來。不過，艾爾叔叔依舊一張臭臉。

「月夜營地四周的樹林裡，到處都是灰熊跟樹熊，」艾爾叔叔繼續說著，「牠們會到河邊洗澡或喝水。而且，牠們常常都餓著肚子。」

這讓圍繞在忽明忽暗營火旁的我們，有了不一樣的反應。有人發出大聲的咆哮，另一個小孩則嚇得尖叫，然後每個人又笑了。

「等到熊用爪子把你的頭扯下來時，你就笑不出來了！」艾爾叔叔嚴肅的說。他轉身面向圍在我們圈圈外的管理員說，「賴利、克爾特，過來！」

那兩位管理員聽令站了起來，走向艾爾叔叔。

「我要你們兩個，向他們示範必要的防範步驟，要是……呃，我是說，如果你們遭到灰熊攻擊的話，應該怎麼做。」

那兩個管理員立刻把肚子貼在地上平躺著，雙手抱著後腦勺。

「就是這樣！我希望你們要特別的注意這點。」艾爾叔叔對著我們嚴厲的恐嚇著。

「記得要保護你們的脖子跟頭部，不要亂跑亂動。」他向那兩個管理員揮手示意，「謝了，小伙子，你們可以起來了。」

「這裡曾經發生過熊攻擊人的事件嗎？」我大聲問他，我雙手環成喇叭狀向艾爾叔叔喊著，好讓他能清楚聽見我說的話。

這句英文怎麼說

你們看到那座小屋了嗎？
Do you see that cabin over there?

他轉向我。「去年夏天發生過兩件。」他回答。

有幾個男孩子驚訝得倒抽一口氣。

「這一點都不有趣，當一隻巨大的熊用爪子抓著你，口水流得你滿身都是，你很難保持身體不動。不過只要你一動的話……」他把聲音壓低，似乎想留給我們一些想像的空間。

我感覺一股寒意竄上背脊，不敢去想有關熊或是熊攻擊人的事。

爸爸媽媽到底把我送到了個什麼樣的夏令營啊？連我都覺得不對勁。我等不及要打電話給他們，告訴他們目前發生的所有事。

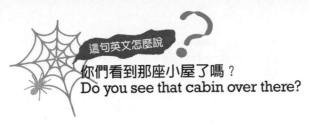

艾爾叔叔等到大家安靜下來，接著指向另一邊，並問道：「你們看到那座小屋了嗎？」

矇矇朧朧的，我看到有間小屋在半山腰上，面向集會堂的方向佇立著。那間小屋看起來比其他的小屋大一點，它應該是刻意被蓋得斜一邊，感覺好像會被風吹倒的樣子。

「我要確定你們看到那間小屋了，」艾爾叔叔警告我們，他的聲音像雷鳴一般，「那就是眾所周知的禁地小屋。我們不會討論有關那間小屋的任何事情，而且，也不能靠近它。」

當我透過灰暗的光線，看到那間幽暗傾斜的小屋，我感到了一陣寒顫。我的脖子後面突然一陣刺痛，我伸手一拍，是蚊子，我被叮了。

「我再重複一遍剛剛說的話，」艾爾叔叔大聲說著，他的手依然指著那間陰暗的小屋。「那就是大家都知道的禁地小屋，已經用木板封閉了好多年，不許任何人靠近。任何人都不可以！」

這反而讓大家笑了起來，我想是緊張的苦笑吧。

「爲什麼那間小屋禁止進入呢？」有人問。

「我們不回答這個問題。」艾爾叔叔厲聲回答。

杰伊靠近我，在我耳邊悄悄的說，「我們去看看那裡到底是怎麼一回事吧！」

我笑了笑，轉身對杰伊說，「你是在開玩笑……的吧？」

他只是笑了笑，一句話也沒說。

我轉過身面向營火。艾爾叔叔說他希望我們都能有個愉快的夏令營經驗，還

這句英文怎麼說

我們去看看吧！
Let's go see.

說他多麼期待今年的夏令營。

「還有一條規定，」他大聲叫著，「你們一定要每天寫信給你們的父母，每一天！我們要讓他們知道，你們在月夜營地玩得多麼開心！」

我看到麥可小心的握著他受傷的手。「我的手開始抽痛了！」他說，聲音聽來非常害怕。

「也許賴利有止痛藥，」我說，「我們去問他！」

艾爾叔叔指示我們解散，我們站起來，伸伸懶腰，打打呵欠，成群結隊的走回小屋去。

麥可跟我拖著腳步走在隊伍前頭，希望能追上賴利。我們看到他正在跟其他管理員說話，他比起其他管理員高了將近一個頭。

「喂，賴利。」麥可叫他。

可是就在我們急忙穿過另一群孩子時，賴利不見了。

「也許他正回到我們的小屋，檢查我們是不是遵守隨手關燈的規定。」我說。

「我們去看看吧！」麥可很憂心的說。

我們快步通過即將熄滅的營火，營火不再劈啪作響，只閃耀著紫紅色的光芒。我們沿著山坡的彎路走向四號小屋。

「我的手眞的好痛喔，」麥可咕噥著，小心的把手伸在前面。「我不是在抱怨，我的手眞的一陣一陣抽痛著，而且腫起來了。我的身體開始發冷了。」

「賴利會知道該怎麼處理的！」我想要安慰麥可。

「希望如此。」麥可顫抖著說。

忽然，一陣恐怖的吼叫傳來，我們停下了腳步。

那一陣又一陣的吼叫聲，就像動物因爲痛苦而發出的聲音。可是，又有點像人的聲音。

吼叫聲拖得很長，尖銳而刺耳，劃破了天際，一陣陣回音從山坡上傳了過來。

麥可驚喘著，轉身看著我。即使天色很暗，我還是看得到他臉上驚慌的表情。

「那些叫聲，」他悄聲說，「是從……禁地小屋傳出來的！」

這句英文怎麼說

你聽到了嗎？
Do you hear that?

7.

過了幾分鐘後，麥可和我拖著沉重的腳步回到小屋，杰伊和柯林緊張的坐在床上。

「賴利跑到哪裡去了？」麥可問，他的聲音掩不住深深的恐懼。

「他不在這裡。」柯林回答。

「那他會在哪裡？」麥可尖聲問道。「我一定要找到他！我的手，啊！」

「他應該要比我們早回來的。」杰伊說。

遠處，那詭異的吼叫聲，依然從敞開的窗戶傳了進來。

「你聽到了嗎？」我問，靠著窗戶仔細聽著那個聲音。

「可能是草原大貓吧。」柯林說。

「草原大貓不會號叫，」麥可說，「草原大貓會發出尖銳刺耳的聲音，但是不會號叫。」

「你怎麼知道？」柯林走向賴利的床鋪，然後坐在下鋪。

「我們在學校裡學過牠們的叫聲啊！」麥可回答。

一聲哀號讓我們全都安靜下來。

「這聽來像是一個男人的聲音，」杰伊說，他的眼睛因興奮而發亮。「一個終年被關在禁地小屋的男人。」

「你真的這麼想？」麥可用力的吞了吞口水。

杰伊和柯林都笑了。

「我的手該怎麼辦？」麥可問，一邊舉起手來。很明顯的，他的手更腫了。

「再去洗一次吧，」我說。「然後換上新的繃帶。」我望著窗外一片黑暗。「也許賴利很快就回來了，他應該知道哪裡有藥給你敷傷口。」

「我真不敢相信這裡沒有護士，」麥可嘀咕著說。「爲什麼我爸媽會把我送到一個沒有護士或保健室的地方呢？」

這句英文怎麼說

你怎麼知道？
How do you know?

「艾爾叔叔不會把我們捧在手心上。」柯林學著賴利說話。

杰伊站起來，開始模仿艾爾叔叔說話，「離禁地小屋遠一點！」他用低沉、中氣十足的聲音喊著，像極了艾爾叔叔。「不准討論，也不准靠近！」

我們都因爲杰伊的模仿秀而大笑，麥可也是。

「我們今晚就去那裡！」柯林興奮的說，「我們應該立刻去看看那間小屋到底是怎麼一回事！」

我們又聽到另一聲深長而且悲傷的低吼聲，從禁地小屋的方向傳過來。

「我……我覺得我們不應該去那裡，」麥可輕聲的說，他邊注視著他的手邊走向房門。「我要去清洗傷口了。」房門在他身後重重的關上了。

「他被嚇壞了。」杰伊嘲笑著說。

「我也有一點兒緊張，」我承認，「我是指，那些可怕的吼叫聲……」

杰伊和柯林都笑了出來。「每個營區都有個像禁地小屋一樣的地方，都是營地指揮官捏造出來的。」柯林說。

「對啊，」杰伊附和的說。「營地指揮官最喜歡嚇唬小孩子，那是他們唯一的樂趣。」

他鼓起了胸膛，再次模仿艾爾叔叔。「熄燈後不准去外面，否則我們永遠看不見你們了！」他發出如雷般的聲音說著，然後猛然大笑。

「禁地小屋裡什麼都沒有，」柯林搖頭說著。「可能就只是間空屋，就只是鬧著玩罷了。你知道嘛，每個營區都有鬼故事，而且每個營地都有專屬的鬼故事。」

「你怎麼知道？」我問他，然後躺在麥可的床上。

「你以前參加過露營嗎？」

「沒有啊。」柯林回答。「不過我有個朋友跟我說過他們參加露營的事。」

他伸手把太陽眼鏡拿下來，這是他第一次把它拿下來。他的眼睛又大又藍，像極了彈珠。

突然，我們聽到一陣號角聲，發出緩慢悲傷的音調重複著。

「這一定是熄燈的信號，」我打著呵欠說著。我脫掉鞋子，累到連衣服都不想換，也不想洗澡，想要就這樣睡覺了。

這句英文怎麼說

每個營地都有專屬的鬼故事。
Every camp has its own ghost story.

「我們偷溜出去吧，去禁地小屋探險。」杰伊慫恿著。「走啦！我們可是第一批去探險的人喔！」

「我眞的太累了。」我又打了一個呵欠。

「我也是，」柯林轉身面向杰伊說，「明天晚上再去好不好？」

杰伊的臉上露出了失望的表情。

「明天啦。」柯林邊說邊把鞋踢到牆腳，開始脫襪子。

「如果我是你們，我不會這麼做的。」

突然出現的人聲把我們三個嚇了一跳。我們跑到窗邊，賴利的頭忽然從黑暗中出現。他對我們冷笑的說，「如果我是你們，我會聽艾爾叔叔的話。」

他在外面偷聽我們說話有多久了？我猜想，他在暗中監視我們嗎？

門開了。賴利大步走進來，他壓低了頭，臉上的笑容漸漸褪去，「艾爾叔叔不是在跟你們開玩笑！」他正色說著。

「是啊，當然啦！」柯林挖苦似的回答，然後爬上床，鑽進羊毛毯裡。

「我猜啊，如果我們在熄燈後跑到外面，營地的鬼魂一定會把我們抓走的。」

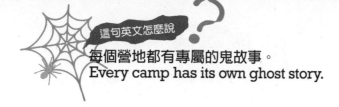

杰伊開玩笑說，他丟了一條毛巾到房間的另一邊。

「不是的，沒有什麼鬼魂，」賴利輕聲的說，「不過賽柏會把你們抓走的。」

他拉開了抽屜，好像在找什麼東西。

「你說什麼？賽柏是誰啊？」我問，整個人突然清醒過來。

「賽柏是一隻動物。」賴利神祕兮兮的說著。「賽柏是一頭紅眼怪物，每天晚上都會吃掉一個參加露營的人。」

柯林輕蔑的笑說，他往下看著我。「根本沒有這個人，賴利只是在說另一個虛構的露營故事。」

賴利停下來，瞪著柯林。「不，我沒有騙你們。」他低聲說。「我只是希望你們不要惹上麻煩，並不是要嚇唬你們。」

「那麼，什麼是賽柏呢？」我不耐煩的問他。

賴利從抽屜中拉出一件毛衣，接著把抽屜關起來，「你不會想知道的。」

「快點嘛，跟我們說那是什麼。」我乞求他。

「他才不會說呢！」柯林說。

這句英文怎麼說

我只是希望你們不要惹上麻煩。
I'm trying to save you guys some trouble.

「我只能告訴你們，賽柏會把你們的心臟給挖出來。」賴利淡淡的說。

杰伊竊笑著，「對啊，那是一定要的啦！」

「我是說眞的！」賴利怒氣沖沖的說。「我不是在跟你們開玩笑，你們這些傢伙！」他把毛衣套到頭上。「你們不相信？出去一個晚上試試看！去見見賽柏吧。」他費力要把手臂穿過袖子。

「不過在你們這麼做之前，」他警告我們，「把你們家的地址寫給我，好讓我知道要把你們的東西寄到哪裡去。」

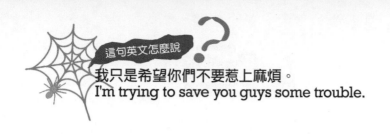

8.

第二天早上，我們玩得很開心。

我們全都起得很早。太陽剛從地平線升起時，空氣還是涼涼濕濕的，聽得見鳥兒吱吱喳喳的叫著。

這聲音讓我開始想家了。當我下床伸懶腰時，我想到了爸爸媽媽，眞希望可以打電話給他們，告訴他們昨天發生的事。不過才過了一天，要我在第二天就打電話給他們，實在是太難爲情了。

我的確是開始想家了，不過幸好我並沒有太多時間去難過。我們換上了乾淨的衣服，趕到山丘上的集會堂集合。集會堂是會議廳、劇院，也是餐廳。

在偌大的房子中央，排列著一排排的長桌子和長凳。地板和牆壁全是用深色

這句英文怎麼說

我的確是開始想家了。
I was definitely homesick.

的紅木砌成的，紅木天花板上有個十字狀的橫樑，高高的橫跨在我們的頭頂上。集會堂裡沒有窗戶，就好像我們正待在一個巨大黑暗的洞穴裡。

杯子、盤子還有銀器餐具的碰撞聲作響，我們的喊叫聲、笑鬧聲響徹了高聳的天花板，在硬木的牆壁上迴盪著。麥可從餐桌的對面對我叫喊著，但是實在是太吵了，我完全聽不到他在說什麼。

有人抱怨食物，不過我覺得還行啦。有炒蛋、培根、炸薯條、吐司，還有一大杯果汁，我在家裡從沒吃過這麼豐盛的早餐。我想我真的餓壞了，狼吞虎嚥的把早餐吃光光。

吃完早餐，我們在集會堂外面排隊，分成幾個隊伍。太陽高掛在天上，天氣變得非常炎熱。我們興奮的叫聲響徹了山陵，沿路有說有笑的，感覺很快樂。

賴利和另外兩個管理員站在我們面前，手裡拿著寫字板擋著陽光，把我們分成幾個小隊。第一隊大約有十個男孩子，他們要去河邊晨泳。

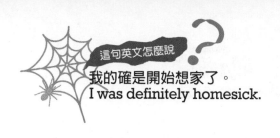

他們真幸運，我多麼渴望到河邊看看小河長什麼樣子。

我正等著點到我的名字時，看到集會堂的牆上有一具公用電話。爸媽的身影又閃過我的腦海。等一下打個電話給他們吧！我想。我眞的迫不及待想要向他們描述營區的種種，還有我的新朋友。

「好了！各位，跟著我到球場去吧，」賴利指示我們。「我們即將展開第一場抓球比賽啦！」

我們這隊大約十二個人，其中包括了跟我同一房間的室友們。大家跟著賴利走下山丘，朝著球場走去，球場是由一塊草地鋪蓋而成的。

我慢跑追上賴利，他總是用最快的速度在走路，每一步都伸出他的長腿，就像急著趕路一樣。

「打完球後我們會去游泳嗎？」我問。

他瞄了一下寫字板，步伐沒有因而減慢。「可以吧，我想。」他回答，「你們這些小夥子需要游個泳，因爲我們會玩到汗流浹背。」

「你以前玩過抓球比賽嗎？」當我們快步跟上賴利時，杰伊問。

「有啊，」我回答，「我們在學校常常玩啊。」

賴利在綠色球場的角落停下腳步，球場上的壘包跟打擊者的位置已經準備好

這句英文怎麼說

我們在學校常常玩。
We play it a lot in school.

了。他要我們排好隊，分成兩個隊伍。

抓球比賽是一項很容易學會的運動。打擊者必須盡可能的把球丟到越高越遠的地方，接著他要在別隊的人抓到球、觸殺他之前跑完壘包。

賴利開始叫名字了，把我們分成兩隊。當他叫到麥可的名字時，麥可小心翼翼的握著他包著繃帶的手，站起來向賴利走去。「我……我想我不能玩了，賴利。」麥可結結巴巴的說。

「別這樣，麥可，別再嘀咕了。」賴利怒聲責罵他。

「我的手眞的很痛啊！」麥可堅持著，「我的手陣陣抽痛，那種痛不斷從我身上冒出來。還有，你看，」他將手舉到賴利面前，「手整個腫起來了！」

賴利用寫字夾板輕輕的把麥可的手撥開。「去找個陰涼的地方坐著吧。」他告訴麥可。

「難道我不需要吃藥或敷藥什麼的嗎？」麥可尖聲問他。那可憐的傢伙眞是太慘了。

「去坐在那邊的樹下，」賴利說著，指向球場邊緣茂密的矮樹叢。「我等一下會跟你說。」

賴利轉身背向麥可，他吹了一聲哨子表示開始比賽。「我會替代麥可在藍隊的位置。」他邊宣布邊跑向球場。

比賽一開始，我就把麥可給忘了。我們玩得很開心，大多數的人都很厲害，而且我們玩的速度很快，比我跟朋友在家附近的操場玩的速度快多了。

我第一次站上打擊區時，把球丟得非常高，可惜球正好落在一個外野手手裡，於是就出局了。我第二次擔任打擊者時，在被觸殺之前跑上了三壘。

賴利是個很棒的運動員。當他站上打擊區，他丟的球是我看過最猛的。他丟的球飛過了外野手的頭頂，而且他們還在追球時，賴利就跑完了全部的壘包，他的長腿在跑壘時的姿勢非常漂亮。

到了第四局，我們的隊伍——藍隊，以十二比六領先。我們很努力的投入比賽，天氣很熱，我們全身都是汗。我好期待在河邊游泳的那一刻。

柯林被安排在紅隊。我注意到他是唯一玩得不開心的人，因爲他被觸殺兩次，而且漏掉了一個很容易接到的球。

這句英文怎麼說

我發現柯林不是很有運動細胞。
I realized that Colin wasn't very athletic.

我發現柯林不是很有運動細胞。他的手臂又細又長，沒有一點兒肌肉，跑步的樣子也不好看。

在第三局時，柯林跟我隊上的一個球員，爲了球是不是界外球而吵了起來。過了幾分鐘，柯林又忿忿的跟賴利爭辯，因爲賴利判了一個球出局。

他跟賴利互喊了幾分鐘。其實也不是什麼大事啦，就是一般的爭辯而已。最後，賴利命令柯林閉嘴，回到場外去。柯林心不甘情不願的聽從他的話，比賽照樣進行。

我沒有繼續再想這件事。每一次的球賽總會發生爭吵，而且，有一種人只要參加比賽就一定要跟別人吵架。

不過，接下來這一局，奇怪的事情發生了，給我一種非常不好的感覺，我不禁懷疑事情越來越蹊蹺了。

當時輪到柯林的隊伍打擊。柯林站上打擊區，準備要投球了。

賴利擔任外野手。我就站在他附近，也在場內。

柯林把球丟的很高，不過並不遠。

賴利跟我同時跑去接球。

賴利先接到了球。球第一次彈起來時，他接住了那個小小硬硬的球，並且把手臂向後拉。接著，我看到他的表情變了。

我看到他的臉憤怒的緊繃著，他瞇起眼睛，紅銅色的眉毛緊蹙著。

他發出了一聲響亮的叫聲，賴利奮力的把球丟了出去。球打中了柯林的後腦勺，還發出了好大的聲音。

柯林的銀色太陽眼鏡飛到了半空中。

柯林停住腳，發出一聲短促且高八度的尖叫。他的手臂朝天飛了起來，好像被槍打中一樣，接著他的膝蓋彎曲了。

他整個身子垮下來，面朝下倒在草地上。他不動了。

球越過草地滾走了。

我震驚得叫了出來。

賴利的表情又變了，他露出難以置信的神情，眼睛睜大了，嘴巴大大張開來。

「不！」他叫著，「球滑掉了！我不是故意要丟他的！」

這句英文怎麼說

我不是故意要丟他的！
I didn't mean to throw it at him.

我知道賴利在說謊，我明明就看到他把球丟出去時，臉上憤怒的表情。

當賴利跑向柯林時，我跪了下來。我只覺得頭暈目眩、一團混亂並且困惑不已，從胃裡冒出一陣噁心的感覺。

「球滑掉了！」賴利大聲叫喊著，「我不小心滑掉了。」

騙子，我心想，騙子、騙子、騙子。

我強迫自己站起來，急忙走入了圍著柯林的人群，只見賴利跪在柯林旁邊，雙手輕輕的把柯林的頭抬起來。

柯林的眼睛睜得大大的。他無力的向上看著賴利，發出低低的呻吟。

「帶他到房間裡，」賴利大聲叫喊著，「帶他到房間裡。」他凝視著柯林。「球滑掉了，真的很對不起。球滑掉了。」

柯林呻吟著，他翻了翻白眼。賴利把柯林那條紅色印染頭巾拿下來，擦擦柯林的額頭。

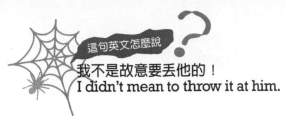

柯林又再次呻吟，他的眼睛閉上了。

「快來幫我把他扛到集會堂，」賴利指示紅隊的兩個人。「你們其餘的人去換衣服準備游泳，河邊會有管理員等著你們。」

我看著賴利和另外兩個人把柯林抬起來，往集會堂的方向去。賴利把他夾在腋下，另兩個男孩子笨拙的扶著他的腿。

我反胃的感覺並沒有消失，我一直回想起賴利把球丟在柯林頭上時，他臉上憤怒的表情。

我知道賴利是故意的。

我開始跟蹤他們，我也不知道爲什麼要這麼做。我想我腦筋眞的是一片混亂，無法思考。

我看到麥可追上他們的時候，他們已經快要走到山丘下了。只見麥可跑到賴利旁邊，還是扶著他腫起來的手。

「我可以跟你們走嗎？」麥可懇求著。「總要有人看看我的手啊，我的手越來越嚴重了。拜託你！賴利。」

「好啊。最好是這樣。」我聽到賴利簡短的回答他。

眞好，我想。終於有人願意照顧麥可的傷口了。

這句英文怎麼說

這事不該發生的。
This shouldn't have happened.

我沒理會我額頭上傾盆而下的汗水，我看著他們往山坡上的集會堂走去。

這事不該發生的，我想，忽然全身泛起一陣寒意，儘管天氣這麼炎熱。

事情不對勁，有些事不對勁。

但我又怎麼知道恐怖的事情才正要開始？

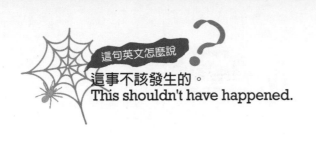

9.

下午，杰伊跟我正在寫信給我們的爸媽。我對這裡發生的一切，感到心煩意亂。我腦中一直浮現著賴利把球丟向柯林的畫面，尤其是賴利臉上的憤怒表情。我把這件事寫下來，也跟爸爸媽媽提到這裡沒有護士，以及禁地小屋的事。

杰伊停下筆來，抬頭看著我。他的曬傷很嚴重，臉頰跟前額都是紅咚咚的。他搔了搔他的紅頭髮，「我們像蒼蠅一樣，一個個陣亡了。」他指了指空蕩蕩的房間說。

「是啊。」我若有所思的同意他的說法。

「希望柯林和麥可沒事才好。」接著我脫口說出，「賴利是故意打中柯林的。」

「什麼？」杰伊停止搔頭髮，垂下一隻手到床鋪上。「他什麼？」

這句英文怎麼說？

本來我並不打算告訴任何人。
I wasn't going to tell anyone.

「他是故意丟中柯林的，我看到了。」我的聲音顫抖著，本來我並不打算告訴任何人，可是我很高興我說出來了，我感覺輕鬆多了。

不過杰伊一副不可置信的表情。「不可能吧，」他靜靜的說。「賴利是我們的管理員，球滑掉了。事情就是這樣。」

我不禁跟他爭辯起來，這時，小屋的門打開了，柯林走進來，賴利跟在他旁邊。

杰伊和我都跳了起來。「柯林！你還好嗎？」我問。

「還可以吧。」柯林回答，勉強的擠出微笑。我看不到他的眼睛，他又戴上太陽眼鏡了。

「他的傷勢還是有點不穩定，不過已經沒事了。」賴利握著柯林的手臂，高興的說。

「我看東西時，還是會影像重疊，」柯林說。「我是說，這間小屋看來很擠，你們每一個人看來都像是有兩個人。」

杰伊和我都不自然的乾笑了一聲。

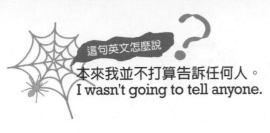

賴利帶著柯林坐在杰伊的下鋪。「他這一兩天就會恢復了。」賴利跟我們說。

「是啊！頭痛已經好一點了。」柯林邊說邊揉著他的後腦勺，然後躺到床上。

「你看了醫生嗎？」我問。

「啊！呃，艾爾叔叔看了一下，」柯林回答。「他檢查了一下，然後跟我說我會沒事的。」

我向賴利投以一個驚訝的眼光，不過他背對著我們，彎著腰在他放在床底下的行李袋裡找東西。

「麥可呢？他還好嗎？」杰伊問賴利。

「呃，」賴利沒有轉過身來回答，「他沒事。」

「那麼他在哪裡？」我追問著。

「還在集會堂裡吧。我不太清楚。」賴利聳了聳肩回答。

「他會回來嗎？」我又問。

賴利把袋子塞回床底下，然後站起來。「你們寫完信了嗎？」他問。「快點去換衣服，準備吃晚餐了。你們可以到集會堂去寄信。」

這句英文怎麼說

他這一兩天就會恢復了。
He'll be just fine in a day or two.

「喔，不要忘了今晚是帳棚之夜，你們今天晚上要睡在帳棚裡！」接著他走向了門邊。

「可是賴利，外面太冷了！」杰伊抗議說。我們忍不住抱怨。

賴利不理他，轉身就離開小屋。

「嘿，賴利，我曬傷了，有沒有藥可以擦？」杰伊在他背後叫著。

「沒有。」賴利回答他，然後消失了。

杰伊跟我扶著柯林走上集會堂。他還是一樣頭昏眼花，而且頭痛得很厲害。

我們三個坐在長桌的最後面，也是最靠近窗戶的地方。一陣不算小的風吹進來，涼爽的空氣拂過桌子，讓我們曬傷的皮膚感到舒服極了。

我們的晚餐有肉、搭配著馬鈴薯跟肉汁，不太好吃，可是我眞的餓壞了，也就不在乎了。柯林沒什麼食慾，只吃了一點點的肉。

餐廳總是吵到不行，孩子們對著餐桌另一邊的朋友嘻笑怒罵、大聲叫喊著。有一桌的男孩子甚至還互丟麵包條。

一如前幾次，穿著制服的管理員們，在遠遠的角落聚在一起吃飯，完全不理會我們。

聽說吃完晚餐後，要學唱所有的露營歌曲。大家都在咕噥抱怨著。

晚餐吃到一半，杰伊跟他對面那個叫做羅傑的男孩子，開始拉著一條麵包條玩拔河。杰伊用力一拉就贏了，還把他一整杯的葡萄汁灑在我的褲子上。

「喂！」我生氣的跳了起來，目不轉睛看著紫色的污漬，在我的短褲上擴散開來。

「比利出事囉！」羅傑大喊，每個人都笑了。

「是啊！他把褲子變成紫色的了！」杰伊又補上一句。

每個人都覺得很爆笑。還有人對我丟了一條麵包條，麵包條撞到我的胸口，掉在我的餐盤裡面。這引來了更多的笑聲。

食物大戰只持續了幾分鐘，就有兩個管理員過來阻止我們。我決定跑回小屋，把短褲換下來。當我急忙衝出去時，我還聽到杰伊跟羅傑在大聲開我的玩笑。

我全速衝下山丘，朝著小屋跑去。因爲我想要趕回餐廳吃甜點。

這句英文怎麼說

比利出事囉！
Billy had an accident.

我用肩膀推開小屋的門，飛奔到衣櫃前拉開我的抽屜。

「咦？」

出乎意料的，抽屜空蕩蕩的，裡面什麼也沒有。

「怎麼回事？」我大聲的問著。「我的東西到哪兒去了？」

我一陣困惑，不禁向後退了一步。原來，我開錯抽屜了，那不是我的抽屜。

那是麥可的抽屜。

我盯著空抽屜看了一會兒。

麥可的衣服全被搬走了。我轉身去找他的行李箱。我們的行李都堆在床鋪的後方。

麥可的行李也不見了。

麥可根本沒有回來。

我非常的生氣，沒有換短褲就跑回餐廳。

我氣喘吁吁的跑到管理員的桌子旁，來到賴利的身後。他正在跟他旁邊的管

理員說話，一個留著散亂金色長髮的胖傢伙。

「賴利，麥可不見了！」我上氣不接下氣的說。

賴利沒有轉身，他繼續跟那個管理員說話，好像我根本不在場的樣子。

我抓了一下賴利的肩膀，「賴利，你聽我說！」我大叫，「麥可，他不見了！」

賴利慢慢的轉過來，他的表情有點惱怒。「回你的桌子去，比利，」他生氣的說，「這張桌子只有管理員才能坐。」

「麥可到底怎麼了？」我尖聲追問。「他的東西全部不見了！他發生了什麼事？他沒事嗎？」

「我怎麼會知道？」賴利沒好氣的回答我。

「你們送他回家了嗎？」我繼續問著，不問出一個答案，我是不會回座位的。

「是啊！可能吧。」賴利聳聳肩，垂著眼睛說，「你的褲子髒了。」

我的心跳得很快，我幾乎感覺到太陽穴的脈搏抽跳著。「你真的不知道麥可發生了什麼事嗎？」我問他，覺得沮喪極了。

「我確定他沒事。」他搖搖頭回答我，然後又轉過身去繼續跟他的同伴說話。

這句英文怎麼說

你完了！
You're dead meat now!

「他可能去游泳了吧。」賴利旁邊那個一頭亂髮的傢伙竊笑著說。

賴利和其他幾個人也跟著笑了。

我一點也不覺得好笑，反而很不高興，還有一點害怕。

這裡的管理員，眞的都不關心我們發生了什麼事嗎？我悶悶不樂的自問著。

我走回我的桌子。他們正在發巧克力布丁當點心，可是我已經沒有食慾了。

我告訴柯林、杰伊還有羅傑，麥可衣櫃的抽屜被清空了，還有賴利是怎樣假裝他不知道這件事的樣子。但他們並不覺得生氣。

「也許艾爾叔叔眞的非要送麥可回家不可，因爲他手受傷了。」柯林小聲說著，同時挖著他的布丁。「他的手眞的很腫。」

「可是賴利爲什麼不告訴我實情呢？」我問，我的胃很不舒服，好像是晚上吃了塊大石頭般。「爲什麼他要裝做不知道麥可發生了什麼事呢？」

「管理員們不喜歡說那些不好的事情，」杰伊邊說邊用湯匙挖起布丁的表層。

「那會讓我們這些可憐的小傢伙做惡夢。」他把湯匙裝滿布丁，丟向羅傑的前額。

「杰伊，你完了！」羅傑叫了起來，他也挖起一塊黏答答的布丁，丟向杰伊

的背心。

一場布丁大戰就此開始了。

我們沒有再繼續討論麥可的事。

晚餐後，艾爾叔叔講著帳棚之夜的事，還告訴我們今晚睡在帳棚裡會玩得多開心。

「只要非常安靜，熊就找不到你！」他開玩笑的說。

接著他和管理員們教我們唱露營的歌曲，艾爾叔叔要我們一遍又一遍的練唱，直到學會爲止。

我不太喜歡唱歌。可是杰伊跟羅傑又開始把一些粗俗的字眼編到歌詞裡。

很快的，所有的人都加入了，唱著我們自己改編的歌曲，能多大聲就有多大聲。

過了一會兒，我們朝著山丘走向帳棚。這是個既涼爽又清新的夜晚，一片白色的星光佈滿了整個紫黑色的夜空。

我扶著柯林下山，他還是有點虛弱。

這句英文怎麼說

我不太喜歡唱歌。
I didn't feel much like singing.

杰伊和羅傑走在我們前面，互相用肩膀撞著對方，一開始撞向左邊，接著撞向右邊。

冷不防的，杰伊轉向我和柯林。「今晚就是那一個夜晚了。」他悄悄的說著，臉上掛著邪惡的奸笑。

「啊？今晚是什麼夜晚？」我問。

「噓！」他舉起了一根手指頭到嘴旁。「等到每個人都睡了，羅傑和我就要去瞧瞧禁地小屋了。」他面向柯林說，「你要跟我們去嗎？」

柯林難過的搖搖頭。「我想我沒辦法了，杰伊。」

杰伊倒退著走在我們前面，瞪著我說，「你呢，比利？你要來嗎？」

10.

「我……我想我還是留下來陪柯林。」我說。

我聽到羅傑喃喃的說我是膽小鬼，杰伊則是一臉失望的說，「你會後悔的。」

「沒關係，我眞的累了。」眞的，在冗長的一天後，我眞的累了，全身肌肉酸痛，連頭髮都覺得痛了。

杰伊跟羅傑在走回帳棚的路上，悄悄討論著。

走到山丘下，我停下腳步，抬頭望著禁地小屋。在蒼白的星光下，像是向著我傾斜。

我傾聽著，不知道小屋裡是否會傳出吼叫聲。不過今晚，四下一片沉靜。

大型的塑膠帳棚排列在我們住的小屋區，我爬進我們的帳棚，躺在我的睡袋

這句英文怎麼說

你會後悔的。
You're going to miss out.

上。地板很硬，可以想見今晚將會是漫漫長夜。

杰伊跟柯林在帳棚後粗手粗腳的整理著他們的睡袋。「麥可不在這裡，感覺好奇怪。」我說著，突然感到一陣寒意。

「現在你有更多地方可以放你的東西啦。」杰伊冷漠的回答我。

他弓著身子靠著帳棚的一角坐著，表情顯得很緊張，眼睛望著帳棚外的暗處。我四處望去，都沒看到賴利。柯林安靜的坐著，他身體還是不太舒服。

我伸伸懶腰，活動一下筋骨，想調整一個舒服的姿勢，我眞的很睏了。可是我知道除非等到杰伊跟羅傑探險回來，否則我是不可能睡覺的。

時間過得很慢。外面很冷，但是帳棚裡的空氣又濕又悶。

我仰望著黑暗帳棚的四周，有隻蟲爬過我的額頭，我一巴掌把牠解決了。

我聽到杰伊和柯林在我身後低聲交談，可是我聽不清楚他們在說什麼。杰伊緊張的吃吃笑著。

我一定是睡著了，一陣持續的低語聲把我驚醒了。我想了一會兒才明白是有人在帳棚外面低聲說話。

我抬起頭看到羅傑的臉，我立刻坐了起來。

「祝我們好運吧！」杰伊低聲說。

「祝你們好運！」我低聲回答，聲音因爲剛睡醒的關係，有點卡住了。

黑暗中，我看到杰伊巨大的身影飛快的移到帳棚門邊。他把門推開時，一片紫色天空乍現，隨即又消失在黑暗中。

「我們偷偷回小屋吧，」我悄悄的對柯林說。「太冷了，而且地板硬得像石頭一樣。」

柯林點頭同意。我們兩個爬出了帳棚，一語不發的走向我們舒服溫暖的小屋。回到小屋，我們伸長了脖子望出窗外，尋找杰伊跟羅傑的蹤影。

「他們會被逮到的，」我低聲說，「我有預感。」

「他們不會被抓到的，」柯林不同意我說的。「不過他們也看不到任何東西，那裡什麼也沒有。只不過是間空屋子罷了。」

我把頭伸到窗外去，我聽到杰伊跟羅傑在黑暗中的某處，偷偷的在笑著。今晚營地好安靜，非常怪異的寂靜。

這句英文怎麼說

我有預感。
I just know it.

我還聽到他們小聲的說話、走過草地的聲音。

「他們最好安靜下來，」柯林靠在窗臺上低聲說。「他們太吵了。」

「他們現在應該已經到山丘上了。」我低聲說著。我把頭伸得老遠想找他們，但是看不到。

柯林正想回答，一聲突如其來的尖叫聲讓他停下來了。

那是劃過寂靜的一聲尖叫。

「啊！」我叫了出來，把頭縮進屋內。

「那是杰伊跟羅傑嗎？」柯林顫聲問道。

第二聲尖叫比第一聲更可怕。

就在叫聲慢慢消失之前，又傳來一陣動物的咆哮聲，聲音巨大又響亮，還帶著憤怒，像是隆隆的雷聲。

接著我聽到杰伊的求救聲：「救救我們！求求你，救救我們！」

我的心臟怦怦跳著，我兩腿發軟的跑向門邊打開門。可怕的尖叫聲一直盤旋在我耳邊，我衝進黑暗中，佈滿露水的草地把我的腳都弄濕了。

「杰伊？你在哪裡？」我聽到自己在叫，可是卻認不出那是我又害怕又慌張的聲音。

接著，我看到一個黑黑的東西跑向我，他彎著身子跑，手臂伸開著。

「杰伊！」我叫著。「那……是什麼？發生了什麼事？」

他跑向我，仍然彎著身體，他的臉因爲驚恐而扭曲成一團，眼睛眨也不眨、張得大大的。他那頭濃密的頭髮好像豎了起來。

「羅……羅傑被抓走了！」他呻吟著，他努力想把身體挺直，胸口仍劇烈的起伏著。

「什麼東西？」我問。

「羅傑被什麼東西抓走了？」柯林站在我身後問。

「我……我不知道！」杰伊結結巴巴，緊緊的閉著眼睛。「牠……牠把羅傑撕成碎片了。」

杰伊發出好大的哭喊聲。然後他張開眼睛，恐懼得轉過身去。

「牠從後面追上來了！」他尖叫著，「牠來了！」

這句英文怎麼說

他那頭濃密的頭髮好像豎了起來。
His bushy hair appeared to stand straight up.

11.

在慘白的星光下，只見杰伊的眼睛往上一翻，他的膝蓋彎下來，快要倒在地上了。

在他倒下前我扶住他，帶他回到小屋。柯林走在我們後面，重重的把門給關上。

進到屋裡，杰伊慢慢的醒過來。我們三個呆坐在那裡，無法動彈，豎起耳朵仔細的聽著。我扶著杰伊仍起伏不定的肩膀，他臉色跟床單一樣蒼白，他的呼吸急促，還發出害怕的呻吟聲。

我們仔細的聽。

一片寂靜。

空氣悶熱而且凝結住了。

沒有任何動靜。

沒有腳步聲，也沒有動物接近。

只有杰伊害怕的呻吟聲，還有我猛烈的心跳聲。

然後，我聽到了遠方傳來的吼叫聲。一開始輕而低沉，接著，隨著起風而變得大聲。

這聲吼叫嚇得我渾身發冷，叫了出來。

「是賽柏！」

「不要讓牠抓我！」杰伊尖叫著，雙手摀住了臉。他忽然腿一軟，跪了下來。

「不要讓牠把我抓走！」

我看著柯林，他靠在牆角縮成一團，離窗戶遠遠的。「我們一定要去找賴利，」我好不容易才說出話來，「我們得想個辦法。」

「可是要怎麼做？」柯林發抖著聲音問。

「不要抓我！」杰伊又說了一次，他在地上縮成一團。

這句英文怎麼說

不要讓牠抓我！
Don't let it get me.

「牠不會到這裡來的，」我試著用堅定的口氣安慰他，「我們在小屋裡很安全的，杰伊。牠不會到這裡來的。」

「可是牠抓到羅傑，然後……」杰伊開始說。他的身體因爲恐懼而抖動著。

想到羅傑，我不禁也感到一陣恐懼。

眞的嗎？羅傑眞的被攻擊了？

他眞的被撕成碎片了？

我聽到從山丘傳來的聲音，那是兩聲令人毛骨悚然的尖叫聲。

聲音很大，令人覺得不寒而慄。其他在營區的人也聽到了嗎？有其他的人聽到羅傑的叫聲嗎？有任何管理員聽到嗎？

我站在原地，仔細聽著。

只有一片出奇的寂靜，微風把樹葉吹得沙沙作響。

沒有任何聲音，沒有驚恐的叫聲，也沒有急促的腳步聲。

我轉過身面向我的朋友們，柯林正扶著杰伊到床上去。

「賴利會在哪裡呢？」柯林問。他的眼神很驚慌，這是他的眼睛第一次沒有藏在太陽眼鏡後面。

「所有的人去哪了？」我問，雙手交疊在胸前，開始在小屋裡來來回回的踱步。

「外面一點聲音都沒有。」

我看到杰伊害怕得張大了眼睛，他目不轉睛的瞪著開著的窗戶。

「牠……」他叫著。「牠來了！牠要從窗戶爬進來了！」

這句英文怎麼說

沒有動物爬進來。
No creature jumped in.

12.

我們三個害怕得驚喘了一聲，目瞪口呆的看著窗戶。

然而並沒有動物爬進來。

當我僵立在小屋裡，凝視著窗外時，只看到一片黑暗，還有一片白色星光。

樹叢裡，蟋蟀開始發出尖銳的聲響。

沒有其他聲音。

可憐的杰伊既害怕又懊惱，他一定是眼花了。

柯林和我想辦法讓他安靜下來了，我們幫他把球鞋脫下，躺到床上去。

我們幫他蓋了三件毯子，好讓他的身子不再發抖。

柯林和我想要跑去求救，可是我們太害怕了，不敢跑到外面去。

我們三個整晚都不敢睡。而賴利始終沒有回來。

除了蟋蟀的叫聲、風掃過樹林的聲響之外，營區裡一片寂靜。

我想我一定是不知不覺間睡著了。我做了一個奇怪的惡夢，夢到發生火災了，大家想辦法要逃出火場……

柯林把我搖醒，「吃早餐了！」他沙啞著聲音叫著。「快點，我們遲到了。」

我搖搖晃晃的坐了起來。「賴利呢？」

「他沒有回來。」柯林回答，他指了指賴利沒回來睡過的床鋪。

「我們去找他！我們應該要跟他說昨天發生了什麼事！」杰伊叫著，他急急忙忙的跑到門邊，連鞋帶都沒綁好。

柯林和我踉蹌的跟在他後面，我們兩個都還沒完全清醒。這是一個灰冷的早晨，太陽努力的想要穿過厚重的白色雲層露出臉來。

我們三個在前往餐廳的途中停了下來，極目凝視，搜尋著禁地小屋四周的地上。

我不知道我想找到一些什麼。不過，並沒有發現羅傑的身影。

這句英文怎麼說

沒有他的蹤影。
No sign of him.

那裡沒有任何掙扎的痕跡，地上也沒有乾掉的血跡，高高的青草也沒有被踩過的跡象。

「奇怪！」我聽到杰伊一邊自言自語，一邊搖著頭。「太奇怪了。」

我拖著他的手臂拉他離開，接著加快腳步趕去集會堂。

餐廳一如以往的吵鬧。孩子們嘻笑著，互相叫喊著，好像什麼都沒發生過。我想，應該還沒有人宣布關於羅傑的事情。

有些孩子叫了柯林和我，不過我們沒有理會。我們快速走過餐桌間的走道，尋找羅傑。

沒有他的蹤影。

當我們快步走向角落裡的管理員桌時，我的胃突然一陣強烈的作嘔。

我們三個來到賴利面前，他正注視著一大盤培根炒蛋。

「羅傑發生了什麼事？」

「他沒事吧？」

「你昨天晚上去哪了？」

「羅傑和我被攻擊了。」

「我們因爲太害怕了，所以沒去找你。」

我們三個如連珠炮似的提出一連串的問題。

他露出充滿疑惑的表情，然後舉起雙手要我們安靜。「咳！」他說，「冷靜點，各位。你們到底在說些什麼？」

「羅傑！他……」杰伊叫著，他的臉脹紅了。「那隻怪物……牠撲向羅傑。然後……然後……」

賴利看了看旁邊的管理員，他們看來也很疑惑。「怪物？什麼怪物？」賴利問我們。

「牠抓走羅傑！」杰伊叫著說。「牠追著我然後……」

賴利抬頭瞪著杰伊看。「有人被抓走了？不會吧，杰伊。」他轉身看著他旁邊的管理員，一個叫做德瑞克的矮胖男孩。「你在你那一區有聽到什麼聲音嗎？」

德瑞克搖搖頭。

「羅傑不是在你那一隊嗎？」賴利問德瑞克。

這句英文怎麼說

冷靜點，各位。
Take a breath, guys.

德瑞克搖搖頭說，「不是啊。」

「可是羅傑他……！」杰伊很堅持的說。

「我們沒有收到任何有關被攻擊的消息。」賴利說，他打斷杰伊的話。「如果有人被熊或是其他東西攻擊，我們會收到消息的。」

「而且我們應該會聽到聲音才對，」德瑞克提出意見。「像是尖叫聲或是吵鬧聲什麼的。」

「我聽到尖叫聲了。」我告訴他。

「我們兩個都聽到尖叫聲了。」柯林很快的接口說道。「而且杰伊還叫著跑回來求救。」

「好，那為什麼其他人沒有聽到呢？」賴利盤問著，把目光移向杰伊。他的表情變了。「這件事是在哪裡發生的？什麼時候發生的呢？」他狐疑的問著。

杰伊的臉變成陰鬱的深紅色。「在熄燈後發生的，」他坦承，「羅傑跟我去到了禁地小屋，然後……」

「你確定不是熊嗎？」德瑞克打斷他的話。「昨天下午有熊在河邊棲息。」

「那是怪物！」杰伊生氣的尖叫著。

「你不應該出去的。」賴利說，還搖著頭。

「你們為什麼不聽我說的話？」杰伊尖聲叫著。「羅傑被攻擊了。那個怪物撲向他，然後——」

「如果是這樣，我們應該會聽到聲音呀。」德瑞克平靜的說，並看了賴利一眼。

「是啊，」賴利同意他的說法。「管理員昨晚都待在集會堂裡，都沒有睡覺。我們沒聽到任何尖叫聲。」

「可是，賴利！你總要去看看嘛！」我叫著。「杰伊沒有說謊，羅傑眞的被抓走了！」

「好，好，好。」賴利回答，他舉起雙手一副投降的樣子。「我會去問艾爾叔叔，可以了吧？」

「快一點，」杰伊堅決的說著。「拜託！」

「我吃完早餐後會去問艾爾叔叔。」賴利說，轉過去繼續吃他的蛋和培根。

這句英文怎麼說

你不在乎我們發生了什麼事嗎？
Don't you care what happens to us?

「等一下晨泳時，我再跟你們碰面。我會告訴你們艾爾叔叔怎麼說。」

「可是，賴利……」杰伊懇求著。

「我會去問艾爾叔叔的，」賴利堅定的說。「如果昨天晚上有發生什麼事，他一定會知道的。」他拿起一條培根放進嘴巴裡。「我想你們大概是做了惡夢吧，」他繼續說著，懷疑的看著杰伊。「不過我會讓你們知道艾爾叔叔說了些什麼。」

「那不是夢！」杰伊尖聲叫著。

賴利轉過身去背對我們，繼續吃早餐。

「你不管嗎？」杰伊對著他大喊。「你不在乎我們發生了什麼事嗎？」

許多小孩子因此停下來，張口瞠目的看著我們。

我把杰伊拉開，想要拉他回座位，可是他堅持要在餐廳再找一次羅傑。

「我知道羅傑不在這裡了，」他堅決的說著。「他……他不在了！」

這是第二次了，我們三人在餐桌間的走道來回走著，仔細找著我們的朋友。

只有一件事可以確定：羅傑不在這裡。

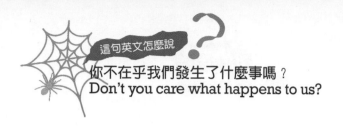

當我們到河邊去晨泳時，陽光透過雲層發光著，但空氣還是冰冷的。河邊濃密茂盛的灌木叢在陽光下閃閃發光。

我把毛巾放在一棵灌木下，轉身面向那輕輕流動的綠色河水。

「我敢說現在水很冷。」我對柯林說，他正在重綁泳褲的繩子。

「我只想回去小屋睡個回籠覺。」柯林說，他綁了一個蝴蝶結。他的頭不痛了，但因爲整晚沒睡而疲累不堪。

有幾個傢伙已經走進河裡了。他們抱怨水很冷，互相潑來潑去，把對方推到水裡。

「賴利在哪裡？」杰伊氣喘吁吁的說，他正穿過矮樹走到我們這邊。他赤褐色的頭髮眞是一團亂，有一半的頭髮都豎立了起來。他的眼睛紅了一圈，而且充滿血絲。

「賴利在哪裡啊？他答應我們他會來的啊。」杰伊邊說邊瘋狂的在河邊找著。

「我在這兒。」當賴利從我們身後的灌木叢走出來時，我們三個同時轉了過去。他穿著寬鬆的綠色月夜營地泳褲。

這句英文怎麼說

根本就沒有羅傑這個人。
Not Roger at all.

「怎樣？」杰伊問他，「艾爾叔叔說了些什麼？羅傑怎麼了？」

「艾爾叔叔跟我去了禁地小屋四周，」賴利的表情很嚴肅，眼睛瞪著杰伊說，「那裡沒有發生任何攻擊事件。那是不可能的事。」

「可是牠……牠明明抓住了羅傑，」杰伊厲聲叫著。「牠攻擊他。我看到的！」

賴利搖搖頭，他的眼睛依舊深深的注視著杰伊。

「另外一件事，」他輕聲的說，「艾爾叔叔跟我去辦公室查了一下。今年參加露營的人，沒有人叫做羅傑。沒有人的名字或是小名叫做羅傑的。根本就沒有羅傑這個人。」

13.

杰伊張大了嘴巴，倒抽了一口氣，發出了驚訝的聲音。

我們三個不敢相信的看著賴利，我們被這個消息給嚇傻了。

「一定是弄錯了，」杰伊終於開口說話，激動得聲音發抖。「我們在餐廳到處找他，賴利。然後他就不見了，羅傑不見了。」

「從來就沒有這個人呀。」賴利冷漠的說著。

「不可能！」杰伊叫著。

「你們去游個泳，讓自己清醒清醒怎樣？」賴利指著河邊說。

「嗯，你到底怎麼想？」我問賴利，我不敢相信他可以如此平靜。「不然你認爲昨天晚上發生了什麼事？」

這句英文怎麼說

嘿，等等我呀！
Hey, wait up.

「我不知道你要我怎麼想，」賴利聳聳肩回答，他的眼睛看著離岸邊最遠的那一群游泳的人。「也許你們這些傢伙是在跟我開玩笑。」

「什麼？你是這麼認爲的嗎？」杰伊大叫著。「你以爲我們在開玩笑？」

賴利又聳聳肩。「游泳時間到了，夥伴們。去運動一下吧。」

杰伊又想要開口說話，不過賴利很快轉過身跑向綠色的水裡。他跑了四五步後，潛進水裡，很快的穿過水裡，游了又久又穩的一個划水式。

「我才不要游泳。」杰伊生氣且堅決的說。「我要回小屋去。」他的臉氣得變成鮮紅色的。他的下巴微微顫抖著，我看得出來他快哭了。他轉身跑過了灌木叢，毛巾被他拖在地面上跑。

「嘿，等等我呀！」柯林跑去追他。

我站在原地，想想接下來要怎麼辦。我不想跟杰伊回小屋，因爲我幫不了他。

也許來一趟清涼的晨泳會讓我舒服些，我想。

也許沒有一件事情可以讓我覺得舒服吧，我沮喪的告訴自己。

我看著其他在水裡玩的男孩子。賴利跟另外一個管理員正準備要比賽游泳，我聽到他們在討論要用哪種姿勢。

看著他們就定位，好像都玩得很開心。

但是，爲什麼我不開心呢？

爲什麼我一到這裡就這麼害怕，而且不開心呢？爲什麼其他的人沒有發現這個地方有多奇怪、多恐怖呢？

我搖搖頭，無法回答自己的問題。

我決定了，我要去游個泳。

我向水邊走近了一步。

冷不防的，有個人從灌木叢冒出來，從我後面粗魯的抓著我。

我尖叫著，全力反抗他。

可是攻擊我的人摀住我的嘴，我發不出聲音來。

這句英文怎麼說

我沒辦法掙脫。
I'd been caught off guard.

14.

我一直掙扎，可是我沒辦法掙脫。

那雙手用力拉我，我頓時失去平衡，整個人被拖進灌木叢裡。

誰在跟我開玩笑？怎麼回事？我百思不解。

突然，就在我要掙脫時，那雙手鬆開了。

我頭朝前的跌進濃密的綠樹葉堆裡。

我花了好久時間才站了起來。然後我轉過身去面對攻擊我的人。

「唐！」我叫了出來。

「噓噓噓！」她再次靠過來，用力摀住了我的嘴巴。

「蹲下來，」她緊張的悄悄說著。「不要被他們發現。」

我聽話的躲在矮樹叢後面。她放開了我，坐了回去。她穿著一件藍色的連身泳衣，她的泳衣濕濕的，金色的頭髮也濕濕的散落在她裸露的肩膀上。

「唐，妳在這裡做什麼？」我輕聲的說，然後又蹲低一點。

唐回答我之前，另外一個穿著泳衣的人從樹叢裡走了出來。那是唐的朋友——朵芮。

「我們今天早上游完泳了。」朵芮輕聲說著，緊張的摸著她的紅色卷髮。「我們躲在樹叢裡面等你。」

「可是，那是違反規定的！」我說著，一臉疑惑。「如果妳們被抓到……」

「我們一定得跟你談談。」唐打斷我的話，她抬起頭從樹叢的頂端望過去，然後又很快的蹲下。

「我們決定要冒險了。」朵芮說。

「什麼？發生什麼事了？」我喃喃的說。一隻瓢蟲爬上了我的肩膀，我把牠撥開。

「女子營區……根本是個惡夢。」朵芮輕聲說著。

這句英文怎麼說

那是違反規定的！
It's not allowed.

「每個人都說這是惡夢營地，根本不是月夜營地。」唐接口。「而且，奇怪的事情一直發生。」

「什麼？」我張口結舌的看著她。就在離我們不遠的地方，傳來游泳比賽開始的叫囂聲跟水花濺起的聲音。

「發生了什麼奇怪的事情？」

「很可怕！」朵芮回答，她的表情相當嚴肅。

「有些女孩不見了，」唐告訴我。「就在我們眼前不見了。」

「而且沒有人在乎。」朵芮抖著聲音低低的說。

「我真不敢相信！」我說。「這裡也一樣，男子營區也是。」我吃力的嚥了嚥口水。

「妳們還記得麥可嗎？」她們點點頭。

「麥可不見了，」我說。「而且他們還把他的東西搬走了，我就再也沒見到他。」

「我真不敢相信，」朵芮說。「有三個女孩在我們的營區失蹤了。」

「他們宣布其中一個人是被熊攻擊了。」唐悄悄說著。

「那另外兩個人呢？」我問。

「不知道，就是不見了！」唐回答，聲音卡在喉嚨裡。

我聽見河邊吹哨子的聲音，比賽結束了。另一個比賽正要開始。

太陽又躲到厚厚的白雲裡，天色變得更陰暗了。

我簡短的告訴她們有關羅傑和杰伊的事，還有禁地小屋裡發生的攻擊事件。

她們聽得張口結舌，一片安靜。

「跟我們營地發生的事一樣。」

「我們一定得想想辦法。」朵芮激憤的說。

「我們，男孩子們跟女孩子們應該要團結，」唐輕聲說，她又從樹叢頂端窺視著外面的情形。「我們得做個計畫。」

「妳是說逃跑？」我不太明白她的意思。

她們點點頭。「我們不能再留在這裡了，」唐下定決心說著。「每天都有一個女孩子不見了，而且管理員都一副沒有事情發生的樣子。」

這句英文怎麼說

你們一定要小心。
You've got to be careful.

「我想，他們是想讓我們被攻擊或消失！」朵芮激動的說。

「妳有寫信給妳的爸媽嗎？」我問。

「我們每天都寫信啊！」朵芮回答，「可是我們從來沒有接到他們的回信。」

我突然想到，我也沒有收到爸媽的來信呀！他們跟我說過，會每天寫信給我的，可是我到這裡將近一個禮拜了，連一封信都沒收到。

「下星期就是懇親日了，」我說，「我們的爸媽會來這裡。我們可以告訴他們這裡發生的一切。」

「到那時會不會太遲了？」唐嚴肅的說。

「每個人都嚇得要死！」朵芮表示，「我已經兩個晚上沒有睡覺，每天晚上我都聽到那些令人毛骨悚然的聲音。」

另一聲哨聲響起，離河岸邊很近。我聽到游泳的人集合了，晨泳結束了。

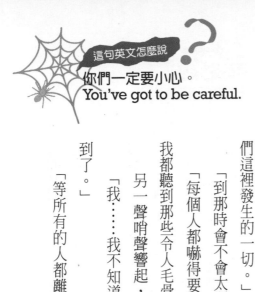

「我……我不知道該說些什麼，」我說，「妳們一定要小心！千萬不要被抓到了。」

「等所有的人都離開後，我們會游回女子營區。」唐說，「不過我們要再找時間見面，比利。我們得聚集更多人，團結在一起。你懂嗎？只要我們團結起來……」她的聲音漸漸低了下來。

「這裡一直在發生一些不好的事情。」朵芮瞇著眼睛，顫抖著說。「邪惡的事情。」

「我……我懂了。」我同意。我聽到男孩子們的聲音了，離我們很近，就在枝葉茂密的灌木叢的另外一邊。「我要走了。」

「我們後天會再想辦法到這裡會面，」唐輕聲說著。「你要小心，比利。」

「妳們也小心，」我低聲說。「不要被他們發現了。」

她們溜了回去，躲進灌木叢裡面。

我曲著身體離開河岸邊。我穿過灌木叢後，站起來開始奔跑。我等不及要告訴柯林和杰伊有關她們告訴我的那些事情。

我覺得既害怕又興奮。也許杰伊知道河流對岸的女子營區也發生同樣可怕的事，他會釋懷些。

回到小屋的途中，我的腦海裡忽然冒出一個念頭，我停下腳步，轉身朝著集

這句英文怎麼說

我要打電話給爸爸、媽媽。
I'll call Mom and Dad.

會堂的方向走去。

我突然想到，集會堂的牆上有具公用電話。有人告訴我，那個電話是給參加露營的人使用的。

我決定了，我要打電話給爸爸、媽媽。

我之前怎麼沒想到呢？

我想到了，我可以打電話給爸媽，然後跟他們說在這裡發生的每件事情。我可以要求他們來接我，請他們也一起把杰伊、柯林、唐和朵芮接走。

我看到我的小隊走向球場，他們把毛巾披在肩膀上。我想會不會有人發現我不見了。

我告訴自己，杰伊跟柯林也不見了。賴利他們或許以爲我們三個人在一起。

我看著他們三三兩兩、成群結隊的穿過長草叢。

接著，我轉身朝著山丘上的集會堂跑去。

打電話回家的想法，讓我整個精神都來了。

我好想要快點聽到爸媽的聲音，急著告訴他們這裡發生的怪事。

他們會相信我嗎？

他們當然會相信我！

爸媽永遠都會相信我的，因爲他們信任我。

當我跑上山丘，集會堂白色牆上的深色公用電話映入我的眼簾。

我全速奔跑，恨不得立刻衝到那個電話旁。

我希望爸爸、媽媽都在家。

你們一定要在家。

當我到達集會堂的那面牆，我氣喘如牛，大聲喘氣。我把手放在膝蓋上，蹲在地上好一會兒，慢慢等著自己的呼吸恢復正常。

然後我把話筒拿起來。

我倒抽了一口氣。

這個公用電話是塑膠做的，只是一具舞台用的道具。

是假的！

它只是一片薄薄的模型塑膠片釘在牆上，看起來像是一具電話。

這句英文怎麼說

這個公用電話是塑膠做的。
The pay phone was plastic.

但它不是眞的電話，是假的！

難道，他們不讓我們打電話回家去，想到這裡，我突然打了個冷顫。

我的心怦怦跳著，我的頭因爲過度沮喪而一陣暈眩，我轉身離開牆邊。不料，正面撞上了艾爾叔叔。

15.

「比利！你在這裡做什麼？」艾爾叔叔問。他穿著寬鬆的綠色營地短褲跟一件白色背心，露出他多肉的粉紅色手臂。他手裡拿著一個夾滿紙的寫字板。「你現在應該在哪裡？」

「我……想要打電話，」我結結巴巴的說著，往後退了一步。「我想要打電話給我爸媽。」

「真的嗎？」他懷疑的看著我，一邊撫摸著他的黃鬍子。

「是啊！只是想要跟他們問好，」我告訴他。「可是這具電話……」

艾爾叔叔循著我的視線看了那個塑膠電話，他笑了。

「這是假的啦，逗逗你們的，」他說，對我露出微笑。「你被騙了嗎？」

這句英文怎麼說

你被騙了嗎？
Did it fool you?

「是啊，」我承認，我的臉開始發熱了，我抬起頭看著他。「真的電話在哪裡？」

他的笑容逐漸褪去，表情變得嚴肅。

「這裡沒有電話，」他嚴厲的說。「參加露營的人不准打電話到外面去。這是規定，比利。」

「喔。」我不知道該說什麼。

「你想家嗎？」艾爾叔叔輕聲的問著。

我點點頭。

「好吧，去寫一封長長的信給你爸爸媽媽吧，」他說，「這會讓你覺得心情好一點。」

「好。」我說，我不認爲這個方法有用，但是我想要快點逃離艾爾叔叔。

他看著寫字板。「你現在應該在哪裡呢？」他問著。

「抓球吧，我想，」我回答他。「我人不太舒服，所以……」

「對了，你什麼時候要去獨木舟之旅？」他問，根本沒聽我說話。他快速翻閱寫字板上的紙張看了看。

「獨木舟之旅？」我根本沒聽過這個。

「明天吧，」他說，只顧著自己說，「你那一隊明天會去。你覺得興奮嗎？」

他垂下眼睛看著我。

「我……我真的不知道這件事。」我疑惑的說。

「很好玩喲！」他滿腔熱情的大聲說著。「這條河從這裡看來沒什麼特別。不過往下幾哩後就很刺激了，你會在一些急流中發現你自己的潛力。」他緊緊的握住我的肩膀。「你會玩得很開心的，」他露出牙齒笑著，「每個玩過獨木舟的人，都覺得很好玩。」

「哇！好棒！」我說。我想要裝做很興奮，但是我的聲音裝不出來。

艾爾叔叔揮寫字板向我道別，大步的走向集會堂前。我看著他，直到他消失在角落。接著我下山走回小屋。

我發現柯林跟杰伊在小屋另一邊的草地上。柯林把上衣脫掉了，他把手枕在頭後面，四肢伸開躺在草地上。

這句英文怎麼說

我們必須逃到外面去！
We have to get out!

杰伊則蹺著二郎腿坐在他旁邊，緊張的把細長的草拔起來，又丟回地上。

「進來裡面。」我跟他們說，還看看四周確定沒有別人聽見。

他們跟著我進了小屋。我關上門。

「怎麼了？」柯林邊問邊躺到床上，他拿起紅色大頭巾，在手裡扭轉著。

我告訴他們唐跟朵芮的事，還有關於女子營區發生的事情。

柯林跟杰伊都大吃一驚。

「她們眞的游泳到這裡等你？」杰伊問。

我點點頭，「她們認爲我們應該要想辦法團結起來或逃跑。」

「如果她們被抓到，麻煩可就大了！」杰伊若有所思的說。

「我們全都麻煩大了，」我說，「我們必須逃到外面去！」

「下星期就是懇親日了。」柯林喃喃的說。

「我現在就要寫信給我爸媽，」我說，接著從床下把放信紙跟筆的盒子拉出來。

「我要跟他們說我得在懇親日回家。」

「我也要。」杰伊說，他緊張的輕輕敲著小屋的支樑。

「我也是，」柯林同意他。「這裡真的是太……詭異了！」

我拿了幾張紙，坐在床上寫信。

「唐跟朵芮很害怕。」我告訴他們。

「我也是。」杰伊承認。

我開始寫信，「親愛的媽媽、爸爸，救命啊！」然後就停筆，我對著柯林跟杰伊說，「你們知道明天的獨木舟之旅嗎？」

他們看了看我，露出驚訝的表情。

「什麼！」柯林表示。「今天下午才要健行五公里，然後明天又要划獨木舟？」

「健行？什麼健行？」現在換我覺得驚訝了。

「你不去嗎？」杰伊問。

「你知道那個很高的管理員？法蘭克？戴黃色帽子的那一個？」柯林問。「他告訴杰伊和我，午餐後我們要去徒步健行五公里。」

「沒有人跟我說啊！」我邊回答，邊咬著筆。

「也許你沒有被分配在健行的那一隊吧。」杰伊說。

這句英文怎麼說

現在換我覺得驚訝了。
It was my turn to be surprised.

「你最好在吃午餐的時候問一下法蘭克，」柯林建議，「可能他剛剛找不到你，你應該也要參加吧。」

「這麼熱，誰想去徒步健行五公里啊？」我咕噥著。

柯林跟杰伊都聳聳肩。

「法蘭克說我們會喜歡的。」柯林邊說邊把頭巾打了結又解開。

「我只想要趕快離開這裡。」我說，繼續寫信。

我很快且認眞的寫著，我想要跟爸媽說這裡發生了可怕又奇怪的事情。我要讓他們明白爲什麼我無法再待在月夜營地裡。

我寫了快一頁半，正好寫到杰伊和羅傑去禁地小屋探險的時候，賴利就進來了。

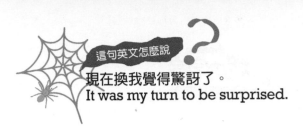

「你們今天休假啊？」他問，眼睛來回瞪著我們。「你們以爲你們是來度假的嗎？」

「我們只是休息一下而已。」杰伊回答。

我把我的信對折起來，藏在枕頭下，不想被賴利看到。我一點都不相信賴利，我沒有理由相信他。

「你在做什麼，比利？」他狐疑的問我，目光停在我正塞進枕頭下面的信上。

「只是寫信回家而已。」我輕輕的回答他。

「你想家？」他問，臉上浮現出一抹冷笑。

「有點吧。」我喃喃說著。

「好了，午餐時間到了，小伙子們，」他宣布，「動作快，好嗎？」

我們爬出了床鋪。

「我聽說杰伊和柯林今天下午要和法蘭克去健行，」賴利說，「你們眞是幸運兒。」

他轉身走向門口。

「賴利！」我叫他，「那我呢？我也要跟他們健行嗎？」

「你不用去。」他回答。

「爲什麼我不用去？」我問。

不過賴利走遠了。

這句英文怎麼說

名單裡沒有你。
You weren't on the list.

「幸運兒耶！」我轉身取笑我那兩位室友。

他們兩個對我吼了一聲。然後我們走上山去吃午餐。

午餐是披薩，是我的最愛。可是今天披薩是冷的，吃起來像硬紙板一樣，起司還一直黏到嘴巴上。

我沒什麼食慾。

我不斷的想著唐和朵芮，想著她們有多害怕、多危險。我不知道什麼時候才會再見到她們？不知道在懇親日前，她們還有沒有機會游到男子營區。

吃完午餐，法蘭克過來把杰伊和柯林帶走。我還問他我是不是也要一起去。

「名單裡沒有你的名字，比利，」他邊說邊抓了抓他脖子上蚊子叮的地方。「我一次只能帶兩個人去，那個路段有點危險。」

「危險？」杰伊問，從位子上站了起來。

「你這個強壯結實的小子，」法蘭克對他笑著說。「你做得到的。」

我看著法蘭克帶著柯林和杰伊走出餐廳。我們的桌子空蕩蕩的，旁邊是我不

認識的人，他們正在牆邊玩著比腕力的遊戲。

我把餐盤推開，站了起來。我想要回小屋繼續寫完給爸媽的信。可是當我向門邊走了幾步，忽然，有一隻手搭在我肩膀上。

我轉過身，只見賴利對我笑著。「網球比賽。」他說。

「咦？」我很吃驚。

「比利，你代表四號小屋參加網球比賽，」賴利說。「你沒有看到選手名單嗎？貼在公佈欄上。」

「可是我網球打得糟透了！」我向他抗議。

「我們把你算進去了，」賴利回答，「去拿一個球拍，然後找一個搭檔去球場集合！」

我一整個下午都在打網球。我在一場比賽中擊敗對手，我想他應該從來沒拿過網球拍。

然後我在一場冗長又難打的比賽中，輸給一個在午餐時比腕力的金髮男孩。

我滿身大汗，比賽結束時，全身肌肉酸痛。我跑到河邊，游泳消除疲勞。

這句英文怎麼說

可是我網球打得糟透了！
But I'm a terrible tennis player!

之後，我回到小屋，換了一件牛仔褲跟一件綠白相間的月夜營地T恤，把要寫給爸媽的信寫完。

晚餐時間快到了。杰伊和柯林去健行還沒回來。我決定去集會堂把信寄出去。我走上山丘時，看到一群孩子急急忙忙回小屋換衣服，準備要吃晚餐。可是沒有我兩個室友的蹤影。

我緊緊的握著信，往集會堂後面的營地辦公室走去。辦公室的門開著，我走了進去。通常都會有一個年輕的女人坐在櫃檯後面，回答我們的問題，然後把信拿去寄。

「有人在嗎？」我問了一聲，把頭探進櫃檯，看了一下後面那間小小的房間，裡頭一片漆黑。

沒有人回答。

「哈囉！有人在嗎？」我又喊了一次，手抓著信。

沒有人，辦公室是空的。

我失望的準備離開。然後，我瞥見小房間裡，有一個大麻布袋在地上。

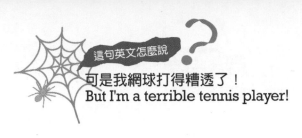

那是郵袋！

我決定把信塞進郵袋裡，跟其他的信一起寄出去。我蹲低溜進櫃檯，走進那個房間，想把信放進郵袋。

讓我驚訝的是，那個郵袋已經裝滿信件了。我把郵袋拉開，準備把信放進去時，一大堆的信卻統統掉到地上。

其中有一封信吸引了我的注意，於是，我把那些信挖出來。

那是我寫給爸媽的其中一封信，上面的地址是我家。

就是我昨天寫的那一封。

「咦，奇怪！」我喃喃說著。

我彎下腰去看郵袋，伸手拿出一大把的信。我很快的篩選它們，發現一封是柯林寫的信。

我拿了另外一疊出來。我的目光落在另外兩封我一星期前寫的信，那時我才剛到這裡。

我盯著那兩封信，感覺到一股寒意竄上我的背脊。

這句英文怎麼說

所有的信都沒被寄出去。
None of letter had been mailed.

我們寫的所有信，我們從第一天到達這裡就寫的信，全部都在這裡。都在這個郵袋裡。

所有的信都沒被寄出去。

我們沒有辦法打電話回家。

而且，我們也沒有辦法寫信回家。

我的手在發抖，我趕緊把信統統塞回郵袋裡。

到底是怎麼一回事？我不懂。

這裡到底發生了什麼事？

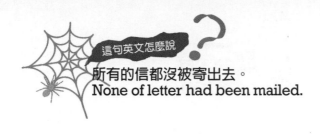

16.

當我到餐廳時，艾爾叔叔已經宣布完了晚上的注意事項。我溜到我的位子上，希望沒有錯過任何重要的事情。

我以爲我會看到杰伊和柯林坐在我的對面，不過他們的座位是空著的。

我心想，眞是奇怪，他們應該已經回來了吧。我還一直處在發現郵袋的驚嚇中。

我想要告訴他們關於郵件的事情，和他們分享這個大新聞，原來我們的爸媽從來沒有接過我們寫的信。

而我們也從來沒有接過他們的回信。

我忽然瞭解，原來營區不讓我們跟外界聯絡。

這句英文怎麼說

但是他們沒有出現。
But they didn't show up.

柯林和杰伊，你們到底在哪裡啊？

炸雞很油膩，馬鈴薯糊成一團，吃起來像漿糊。我勉強把食物吞下去，而且不停的轉過身去看餐廳的門，希望能夠看到我那兩個室友。

但是他們沒有出現。

我的胃部深處湧上一陣陣作嘔的感覺。透過餐廳的窗戶往外一看，外面已經是黑漆漆的一片了。

他們會在哪裡呢？五公里健行的來回路程，應該不用花這麼多時間吧。

我站了起來，走到管理員的桌子。賴利跟另外兩個管理員正在爭論著運動比賽的事情，他們比手劃腳叫喊著。

法蘭克的椅子是空的。

「賴利，法蘭克回來了嗎？」我打斷他們的討論。

賴利轉過頭來，臉上露出驚慌的表情。「法蘭克？」他指指桌子旁的空椅子。

「還沒吧！」

「他帶杰伊和柯林去健行了，」我說。「他們應該要回來了吧？」

「我眞的不知道。」賴利聳了聳肩，繼續他的爭論，讓我呆呆的站在那裡看著法蘭克的空位。

清理了餐盤後，我們把桌椅推到牆邊，開始玩室內接力賽。每個人好像都玩得很開心。叫喊聲跟歡呼聲此起彼落迴盪在高高的天花板上。

我因爲擔心杰伊和柯林，所以沒辦法好好比賽。

我告訴自己，也許他們決定要在外面露營過夜吧。

可是他們離開時，並沒有帶走帳棚、睡袋，或其他過夜的必需品啊！

到底，他們在哪裡呢？

遊戲在熄燈前結束了。我跟著人群走出門口時，賴利出現在我旁邊。「我們明天要很早出發，」他說。「第一件事情。」

「什麼？」我不明白他在說什麼。

「獨木舟之旅，我是獨木舟的指導員。我會帶你去的。」他看著我一臉困惑，便解釋給我聽。

這句英文怎麼說

遊戲在熄燈前結束了。
The games ended a little before lights out.

「喔！好啊。」我冷冷的回答。我很擔心杰伊和柯林，差點都忘了獨木舟之旅的事情。

「吃完早餐後，」賴利說，「在河邊跟我碰面。要穿泳衣，還要帶一套換洗的衣物。」說完，快步走回去幫其他管理員把桌子拉回原位。

「吃完早餐就出發？」我喃喃的說著。

不知道杰伊和柯林是不是也會跟我一起去划獨木舟。我忘了問賴利。

我快步朝著陰暗的山谷往下走。露珠落下來了，長長的草又滑又濕。走到一半，我看到禁地小屋的輪廓，好像向前弓著身體隨時要攻擊人的樣子。

我強迫自己把視線移開，慢慢跑回四號小屋。

讓我驚訝的是，我看到有人在我們的小屋裡走動。

是柯林和杰伊回來了！我心想。

我高興的把門推開，衝到屋裡。「喂！你們跑到哪去了？」我叫著。

我嚇了一跳，倒抽一口氣。

兩個陌生人轉過頭來打量著我。

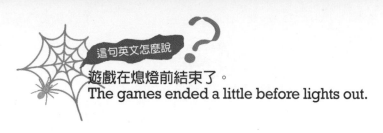

一個坐在柯林的上鋪床沿，正準備脫掉球鞋。另一個則彎著腰，從抽屜裡拉出一件T恤。

「嗨。你也是住這個房間的嗎？」在衣櫥旁的男孩站了起來，一直盯著我。他頭髮又黑又短，一邊的耳朵還戴了一個金耳扣。

我吞了吞口水。「我走錯房間了嗎？這裡是四號小屋嗎？」

他們疑惑的看著我。

「是啊，這裡是四號小屋。」坐在柯林床上的那個男孩子回答我，他也是一頭黑髮，不過他的頭髮比較長、比較亂，蓋住了額頭。

「我們是新來的，」短頭髮的男孩補充說。「我是湯米，他是克里斯。我們是今天才來的。」

「嗨，」我遲疑的說著。「我叫做比利。」我的心臟在胸口像鼓聲一樣怦怦跳著。「那麼，柯林和杰伊去哪了呢？」

「他們是誰啊？」克里斯問，「他們跟我們說這間小屋幾乎沒有人住呢。」

「嗯，柯林和杰伊……」我正要說。

這句英文怎麼說

挺舒服的啊！
Kind of cozy.

「我們才剛到，誰都不認識啊！」湯米插嘴說，然後把抽屜關起來。

「那……那是杰伊的抽屜，」我困惑的指著抽屜。「你把杰伊的東西怎麼了？」

「那個抽屜是空的啊！」湯米回過頭來驚訝的回答。

「幾乎所有的抽屜都是空的呀！」克里斯補上一句，然後把球鞋丟到地上。

「除了下面的兩個抽屜以外。」

「那是我的東西啊，」我說，我的頭好暈。「可是柯林和杰伊……他們的東西應該在這裡啊！」

「整間屋子都是空的呀，」湯米說，「也許你的朋友搬走了。」

「可能吧！」我虛弱的說著，坐在我床位的下鋪，我的雙腿不停的發抖，千頭萬緒在我腦海裡盤旋不去，都是些令人感到害怕的畫面。

「這真的太奇怪了！」我大聲說。

「這間小屋還不錯啊！」克里斯說，把他的毯子拉下來鋪好。「挺舒服的啊！」

「你會在這裡待多久？」湯米問我，一邊穿上一件過大的白色T恤。「一整個夏天？」

「我才不要！」我不禁打了一個寒顫，大聲的說。「我才不要留下來！」我氣急敗壞的說。

「我……我是說……我就要回家了。我……我在下星期的懇親日就會回家了。」

克里斯向湯米投以一個疑惑的眼神。

「什麼？你什麼時候要離開？」他又問了一次。

「懇親日那一天，」我又說了一遍。「我爸媽在懇親日那天會來。」

「你沒有聽到艾爾叔叔晚餐前宣布的事情嗎？」湯米問，他深深的注視著我。

「懇親日取消了。」

這句英文怎麼說

懇親日取消了。
Visitors Day has been canceled.

17.

當天晚上，我輾轉難眠。毯子都已經蓋到我下巴了，我還是覺得又冷又怕。有兩個陌生人在小屋裡，睡在杰伊跟柯林的床上，感覺好奇怪。我擔心著我失蹤的朋友們。

他們到底發生了什麼事？爲什麼沒有回來呢？

當我焦躁不安的在上鋪翻來覆去，我聽到遠方傳來陣陣的低吼聲。是動物的號叫聲，可能是從禁地小屋傳來的。綿長而令人膽戰心驚的號叫聲隨著風透過窗戶吹進了小屋。

一瞬間，我彷彿聽到了小孩子的尖叫聲。我立刻坐了起來，警覺的聆聽著。是我在作夢嗎？我覺得害怕又困惑，沒有辦法分辨什麼是眞實、什麼是夢

境。

我過了好久好久才睡著。

醒來時是一個灰暗多雲的早晨，空氣凝重且冰冷。我穿了一件泳褲和T恤，跑到集會堂去找賴利。我必須要弄清楚柯林和杰伊到底發生了什麼事。

我到處都找不到他，賴利沒有吃早餐。其他的管理員都不承認知道任何事情。法蘭克——就是帶我兩個朋友去健行的管理員，也沒有在那裡。

我最後是在河邊找到賴利，他正在爲我們的航行準備一艘長長的金屬獨木舟。

「賴利？他們在哪裡？」我上氣不接下氣的高聲喊叫。

他抬頭望著我，手裡握著獨木舟划槳，一臉困惑。「啊？克里斯和湯米嗎？他們很快就會過來這裡了。」

「不！」我抓著他的手臂叫著。「我是說杰伊和柯林！他們在哪裡？發生了什麼事，賴利？你一定要跟我說！」

我緊緊握住他的手，氣喘吁吁的，我可以感覺脈搏的跳動。「你一定要告

這句英文怎麼說

他們很快就會過來這裡了。
They'll be here soon.

訴我！」

我尖叫著又說了一次。

他甩掉我的手，把划槳放在獨木舟旁。「他們的任何事，我都不知道。」他平靜的回答我。

「可是賴利！」

「真的，我不知道，」他還是用平靜的語氣說著，表情突然變得很和藹。他把一隻手搭在我發抖的肩膀上。

「你要我跟你說什麼呢，比利？」他堅定的看著我的眼睛。「我會在划舟之後問艾爾叔叔這件事情，好嗎？我會幫你問清楚。等我們回來之後。」

我瞪著他看，想要判斷他是否誠實。

我分辨不出來，他的眼睛像彈珠一樣冷靜。

他身子往前傾將獨木舟推到河水中。「來，去拿一件救生衣吧！」他說，指著我身後的一堆藍色橡膠背心。「把它穿起來綁緊，然後坐上獨木舟。」

我照他說的去做，我知道我別無選擇。

過了幾秒鐘之後，克里斯和湯米跑過來跟我們會合。他們按照著賴利的指示，穿上救生背心。

過了幾分鐘，我們四個跨坐在細長的獨木舟裡，慢慢的漂離岸邊。

天空還是深灰色的，太陽躲在停滯不動的烏雲後面。

獨木舟在湍急起伏的河流裡跳來跳去。水流比我想像的還要強大，我們開始抓到那種速度感了。河岸邊的矮樹和灌木叢快速的掠過。

賴利坐在獨木舟的前面，面對著我們。他向我們示範當河水快把我們沖走時，我們該怎麼划行。

當我們三個人奮力要抓到划船的節奏時，他眉頭深鎖的看著我們。當我們抓到了節拍時，賴利笑得很開心，小心的轉過身去，他移動位子的時候，一直緊抓著獨木舟的邊緣。

「太陽努力著要露臉囉！」他說，風很強勁，我聽不太清楚他的聲音。

我抬起頭看，天色比剛剛更暗了。

他一直背對著我們，看著前面，讓我們三個負責划船。我以前從來沒有划

這句英文怎麼說

急流來了！
Here come the rapids.

過獨木舟，這比我想像的還要難。不過當我們跟上節奏後，我開始喜歡划獨木舟了。

暗黑色的河水拍打著獨木舟的船頭，濺起了白色的泡沫，水流變得很強，而我們也跟上了速度。空氣還是很冰冷，可是划船讓我身體變得暖和。過了一會兒，我發現我流汗了。

我們划過一團黃灰色的樹幹枝葉，河流突然分成兩條，我們揮動著船槳朝著左邊的支流划去。賴利繼續划著槳，幫我們避開突出在河流分流處的大石頭。

獨木舟忽上忽下的擺動著，一會兒向上，一會兒又向下跳動著，冰冷的河水灌進了獨木舟。

天空越來越暗，我懷疑是不是有暴風雨。

當河流變寬時，水流變得湍急且強勁。我發覺我們根本不需要划槳，順流替我們省了不少力氣。

河流向下傾斜，白色泡沫的大漩渦把獨木舟彈了起來。

「急流來了！」賴利雙手弓成杯狀對我們喊著，好讓我們聽得到。「加油！

水勢變得更猛烈了！」

當冷冰冰的波浪潑濕了我的全身，我害怕得顫抖。獨木舟碰到湍流的暗礁時被高高的舉起，落下時猛烈的撞擊了一下。

我聽到湯米和克里斯在我身後興奮的叫著。

另一股冰冷的波浪冷不防的捲向獨木舟，我嚇了一跳，差點鬆開手中的划槳。湯米和克里斯又在笑了。

我做了個深呼吸，緊緊握住划槳，奮力著要跟上節拍。

「嘿，你們看！」賴利忽然大叫。

讓我驚訝的是，他站了起來。他的身體向前靠，指著急流的漩渦。

「你們看那些魚！」他大叫著。

當他彎腰時，一陣強大急促的水流震動了獨木舟。獨木舟突然向右打轉。

賴利一時失去平衡，我看到了他臉上驚慌的表情。他的手臂向前伸，頭突然朝前掉進湍急的水流裡。

「不！」我尖叫著。

這句英文怎麼說

賴利不見了。
Larry didn't come up.

我回頭去看湯米和克里斯，他們停止划槳，盯著打著漩渦的、陰暗的水，露出又驚又懼的表情，嘴巴張得大大的，不知該怎麼辦。

「賴利！賴利！」我不知道發生了什麼事，只是不斷的叫著他的名字，獨木舟還是繼續在湍急的水流裡滑動著。

賴利不見了。

「賴利！」在我身後，湯米和克里斯也呼喊著他的名字，他們的聲音聽起來驚慌又害怕。

他到哪去了？爲什麼沒有游到水面上？

獨木舟往下漂得越來越遠了。

「賴利……利！」

「我們必須停下來！」我叫著。「我們得想辦法減慢速度！」

「我們不會啊！」克里斯向我喊回來。「我們不知道要怎麼減速啊！」

還是沒有賴利的蹤影，我知道他有麻煩了。

我想都沒想，刷的把槳丟到河中，站了起來，跳進去那陰暗的漩渦裡救他。

18.

我不假思索的跳進去，不小心還喝了一大口褐色的河水。

我瘋狂的掙扎著想浮出水面，我的心怦怦跳著，覺得自己快要窒息了。

我深深吸了一口氣，壓低了頭試著要逆著水流游泳，我的球鞋卻好像有千百斤重。

我應該在跳水前把它們脫掉的。

河水起伏擺動著。我的手臂大幅度划動著，拚命游向賴利剛才掉下去的地方。我回頭看，只見獨木舟像是一個暗暗的小污點，越來越小了。

「等一等我啊！」我想要向湯米和克里斯大叫。「等我去救賴利！」

可是我知道，他們不曉得該如何讓獨木舟慢下來，水流把他們帶遠時，他們

這句英文怎麼說

等我去救賴利！
Wait for me to get Larry!

也是無可奈何的。

賴利在哪裡呢？

我又吸了一大口氣，發現右腿上有個銳利的東西絆住我，我整個人都呆住了。痛楚迅速在我身體的右半邊蔓延開來。

我滑到水面下，等痛苦減緩。

等到我稍稍可以移動時，那個東西好像還是並沒有鬆開。水不斷的沖向我，我奮力想游到水面上。

我吸了更多空氣，迅速用力的划動，把自己向上拉，完全不理會腿上的疼痛。

嘿！什麼東西漂浮在我的正前方？是一塊浮木嗎？

褐色的水沖向我，我看不見任何東西，還把我向後沖。水花四濺，我更奮力的往前游。河水整個撲向我的臉，我沒辦法看清楚。

是賴利！

他就漂在我旁邊。

「賴利！賴利！」我終於叫出聲來。

可是他沒回答，我清楚的看到他臉朝下的浮在水面。

當我伸出手抓住賴利的肩膀，絆在我腿上的東西不見了。我把他的頭拉離水面，將他的身體翻身朝上，然後我把手環在他的脖子上。這是爸媽教我的救生技巧。

我轉頭望著下游，搜尋獨木舟的蹤影，可是它已經被水流沖到我看不到的地方了。

我又吞下了一大口冰冷的河水。我快要窒息了，我抓住了賴利，用力踢水。我的右腿還是覺得緊繃虛弱，不過已經不痛了。我雙腳踢水，並用另一隻手划水，把賴利拉到岸邊。

令我欣慰的是，水流也幫忙了，順著方向流動著。

過了幾秒鐘，快到岸邊時，我站了起來。我疲倦得像野獸般喘著氣，跌跌撞撞的把賴利拉到濕地上。

他死了嗎？在我找到他之前他就死了嗎？

我把他身體朝上攤開，我還是喘著氣，努力著要恢復正常的呼吸，好讓身體

這句英文怎麼說

他輕聲喊出我的名字。
He whispered my name.

不再發抖。我向賴利靠了過去。

他張開了眼睛。

他茫然的看著我，好像不認識我似的。

「比利，」終於，他輕聲喊出我的名字。他哽咽的說著，「我們還活著嗎？」

賴利和我休息了一會兒，然後我們循著下游的方向走回營地。

我們渾身溼透了，沾滿了泥巴，可是我不在意。因爲我們還活著，我們都沒事，我救了賴利一命。

在回程的路上，我們沒有講太多話，僅存的力氣都用來走路了。

我問賴利，湯米和克理斯是否會平安無事。

「希望如此，」他呼吸困難的說。「或許他們划向岸邊，也跟我們一樣走回去了。」

我利用這個機會，又問了他關於杰伊和柯林的事。也許賴利會告訴我事實，因爲現在只有我們兩個人，而且我剛剛救了他。

可是他堅持他不知道任何有關他們的事情，我們一邊走著，他舉起一隻手發誓說他不知道。

「發生了這麼多可怕的事情。」我喃喃的說著。

他點點頭，眼睛直直的望著前面。「眞的很奇怪。」他同意我說的。

我希望他多說一點，可是他依然保持沉默的走著。

我們花了三個小時才走回營區。路途並沒有像我想的那麼遠，但是泥巴路曲折難行，所以花了比較長的時間。

當營地映入眼簾時，我的膝蓋都彎曲了，我的腿幾乎要斷掉了。

我們大口大口的喘著氣，全身都被汗水浸濕，衣服也沾滿泥巴，一路疲倦的跋涉到了岸邊。

「嗨！」一個聲音從游泳區傳了過來。艾爾叔叔穿過泥地跑向我們，他穿著寬鬆的綠色汗衫。「發生了什麼事？」他問賴利。

「我們出了點意外！」賴利還來不及回答前我就叫了出來。

「我掉進河裡了，」賴利說，他的臉紅了，臉上還沾著剛剛四處飛濺的泥巴。

這句英文怎麼說

我的獨木舟呢？
What about my canoe?

「比利跳進河裡救我。我們是走回來的。」

「可是湯米和克里斯不會控制獨木舟。他們漂走了！」我大叫著。

「我們兩個都差一點淹死了，」賴利告訴那皺著眉頭的營地指揮官。「可是，比利他……他救了我一命。」

「你可以派人去找湯米和克里斯嗎？」我問，突然全身開始搖晃，我想是因爲筋疲力竭了吧。

「那兩個男孩子在下游漂流著？」艾爾叔叔問，他注視著賴利，一邊搔著他後腦勺的黃色頭髮。

賴利點點頭。

「我們必須要找到他們！」我堅持著，發抖得更厲害了。

「我的獨木舟呢？」艾爾叔叔憤怒的看著賴利，他氣呼呼的盤問著。「那可是我們最好的一艘獨木舟！我要拿什麼來替代？」

賴利不高興的聳聳肩。

「我們明天一定要找到那艘獨木舟。」艾爾叔叔怒氣沖沖的說。

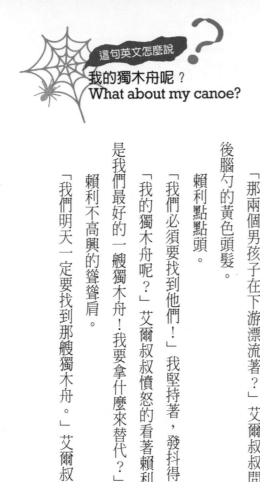

我明白了，他不在乎那兩個男孩子，他一點都不在乎他們。

「去換上乾淨的衣服吧。」艾爾叔叔命令賴利和我。他橫衝直撞的跑向集會堂，不停的搔著頭。

我轉過身去走向小屋，我覺得很冷，整個身體都在發抖。一股強烈的怒氣向我席捲而來。

我剛剛救了賴利的命，可是艾爾叔叔並不在乎那件事。

而且他不在乎兩個參加露營的孩子在河裡面失蹤了。

他不在乎兩個參加露營的孩子，跟一個營地管理員去健行沒有回來。

他不在乎被動物攻擊的男孩子們。

他不在乎孩子們失蹤了，而且從來不提這些。

他不在乎我們任何一個人。

他只在乎他的獨木舟。

我的憤怒很快的轉爲恐懼。

當然了，我沒有辦法知道，這個暑假最可怕的事將要發生。

這句英文怎麼說

我睡得很熟。
I fell into deep blackness.

19.

那個晚上只有我獨自一人在小屋裡面。

我把一條多的毯子拉到床上，把它緊緊裹在身上，頭再蓋上被套。我不禁懷疑我有辦法睡著嗎？又或者我那害怕憤怒的念頭會讓我翻來覆去一整夜。

可是我筋疲力竭、全身虛脫，甚至從禁地小屋傳來，令人毛骨悚然的淒厲吼叫聲也沒有讓我驚醒。

我睡得很熟，直到我覺得有人搖著我的肩膀才醒過來。受驚嚇的警覺使然，我立刻坐了起來。

「賴利！」我叫了出來，聲音還帶著睡意。「發生什麼事了？」

我斜眼看著房間的那一邊，賴利的床凌亂不堪，毯子在床尾皺成一團。很明

顯的，他很晚才進小屋睡覺。

可是湯米和克里斯的床從昨天起就沒有人碰了。

「特別的健行，」賴利說，一邊走向他的床。「快一點！起來穿衣服。」

「啊？」我伸伸懶腰，打了哈欠。看看窗戶外面，天還灰灰暗暗的，太陽都還沒出來。

「什麼樣的健行啊？」

「艾爾叔叔稱它做特別的健行。」賴利回答，背對著我。他抓起了床單開始整理床鋪。

我嘟囔一聲才下了床，我光著腳丫覺得地板好冷。「我們不用休息嗎？我的意思是說，昨天才剛發生那樣的事情？」我又看了一次湯米和克里斯的床鋪。

「不是只有我們，」賴利回答，一邊把床單鋪平。「是整個營地，每個人都要去。艾爾叔叔領隊。」

我拉了一條牛仔褲，一隻腳穿在裡面，踉蹌的穿過房間。突然一陣懼怕的感覺襲來。「這沒有安排在行程裡面吧，」我憂心忡忡的說。「艾爾叔叔帶我們去

這句英文怎麼說

他們會出現的。
They'll turn up.

哪裡？」

賴利沒有回答我。

「哪裡啊？」我厲聲又說了一次。

他假裝沒有聽見我說的。

「湯米和克里斯？他們沒有回來嗎？」我悶悶不樂的問他，一邊穿上我的球鞋。幸好我帶了兩雙，我的鞋子從昨天就放在角落裡，整雙都是泥巴，而且濕淋淋的。

「他們會出現的。」賴利終於回答我了，可是聽起來不像是眞的。

我整裝完畢，然後跑到山上去吃早餐。這是個溫暖卻灰濛濛的早晨，昨天晚上一定下過雨，長長的青草閃耀著水珠。

大家安靜的走上山丘，打著呵欠，眨著眼來抵擋刺眼的昏暗光線。我明白絕大多數的人表情都跟我一樣困惑。

爲什麼我們要這麼早就去那個沒有安排在行程表裡面的健行？會花多久的時間？我們要去哪裡？

我希望艾爾叔叔或是其中一個管理員，會在早餐的時候向我們解釋一切，可是他們沒有一個人出現在餐廳。

我們安靜的吃著，沒有像以前一樣說笑著。

我驚覺到自己又在想著昨天那趟可怕的獨木舟之旅。我幾乎感覺到自己又喝到了那難聞的褐色河水，我看到賴利朝著我漂過來，臉朝下，像一堆海草似的浮在翻騰的水面上。

我看到自己在水裡掙扎著要抓住他，奮力的游泳，奮力的抵擋水流，以便能夠飄浮在湍流的漩渦上。

我也看到了當一陣強大的水流把獨木舟沖到看不見的地方，獨木舟變得模糊不清了。

我突然想起了唐跟朵芮，不知道她們是不是安然無恙？我想知道她們是不是想盡辦法要再到水邊見我。

早餐是法式吐司搭配糖漿，通常那會是我的最愛。可是今天早上，我只是用叉子戳了戳它而已。

這句英文怎麼說

到外面排隊！
Line up outside.

「到外面排隊！」一個管理員從門口叫了一聲。

椅子發出刺耳嘈雜的聲音。我們服從的站了起來，開始走到外面去。

他們要帶我們到哪裡去？

爲什麼沒有人告訴我們這是在做什麼？

明亮的天空呈現粉紅色，可是太陽還沒有從地平線上升起。

我們沿著集會堂的一面牆排成一排。我在隊伍的後面，面對山丘的底部。

有些孩子說著笑話，開玩笑的互相推來推去。不過大多數都安靜的站著，或是靠著牆壁，等著看待會兒要發生什麼事。

隊伍一排好，一位管理員沿著整個隊伍走，他計算著我們的人數，專心的扳著手指頭、動著嘴唇。他算了我們兩次，以確定他沒有算錯。

然後，艾爾叔叔出現在隊伍的前面。他穿著一件棕色、綠色相間的全套僞裝迷彩裝備，就是電影裡面軍人穿的那種。他戴著深色的太陽眼鏡，即使太陽根本還沒露臉。

他一個字也沒說。他向賴利和另外一個管理員打了個暗號，他們兩個肩膀上

都背著很大、看起來很重的棕色背包。然後艾爾叔叔快速向山下衝去，他的眼睛藏在黑色的太陽眼鏡後面，表情一直是眉頭深鎖著。

他停在最後一個露營者的前面。「走這邊！」他大聲的宣布，一邊指著水邊。這是他唯一說的一句話。「走這邊！」

然後我們跟著他，快步走著。我們的球鞋摩擦著潮濕的草地。有幾個孩子在我後面咯咯的笑著說一些事情。

讓我驚訝的是，我發覺我幾乎就在隊伍的最前面了，我離艾爾叔叔近到可以叫住他了。所以我就這麼做了，「我們要去哪裡？」我大聲叫著。

他加快了步伐，沒有回答我。

「艾爾叔叔……這是長途健行嗎？」我大聲問著。

他假裝他沒有聽到。

我決定放棄了。

他帶著我們向水邊走，接著右轉。茂密的樹叢裡有一條通往較窄河道的捷徑。

這句英文怎麼說

我可以逃跑！
I can escape.

我回頭看隊伍的後面，賴利和其他管理員肩上背著背包，匆忙的追趕著艾爾叔叔。

現在是怎樣啊？我感到納悶。

當我看著前面一叢叢低矮糾結的樹，一個想法出現在我腦海中。

我可以逃跑！

那個想法很駭人，可是卻是如此的眞實，是經過很長的時間才形成的。

我可以跑到樹林裡去。

我可以逃離艾爾叔叔還有這個可怕的營地。

這個點子如此令人興奮，害我差一點被自己給絆倒。我撞到前面的小孩，一個叫做泰勒的彪形大漢，他轉過來生氣的瞪我。

哇，我告訴自己，感覺到心臟在胸口怦怦的跳，好好想一想，你得仔細的思考……

我一直注視著樹林裡。當我們更靠近一點時，我看到濃密的樹木緊密的生長在一起，以至於樹枝都是糾結在一塊兒的，似乎會永遠的綿延下去。

我告訴自己，他們不會在那裡面找到我的，要躲進那些樹林裡是很容易的。

可是然後呢？

我盯著樹林看，強迫自己專心，強迫自己清楚的思考。

我可以沿著河流走。是啊！暫時在岸邊落腳，順著河流走，最後一定會走到一個城鎮的。一定要出現一個城鎮啊！

我會走到第一個城鎮。然後我就可以打電話給爸媽了。

我想，我做得到的，我興奮到快要在隊伍裡面待不住了。

我只需要跑。猛衝過去。趁沒有人注意的時候，跑進去樹林裡。跑進樹林深處。

我們走到了樹林的邊緣了。太陽已經升起，照耀著玫瑰色的清晨天空。我們站在樹蔭下面。

我告訴自己，我會成功的。

很快的。

我的心臟大聲的怦怦跳著。儘管空氣是冰涼的，我卻流著汗。

這句英文怎麼說

等待時機正確。
Wait till the time is right.

冷靜，比利，我警告著自己，絕對要冷靜。

等待機會。

等待時機正確。

然後就可以把月夜營地拋在後面，永遠永遠。

我站在陰涼的地方，審視著樹林，發現進去樹林的一條狹窄的小路，就在前面幾碼的地方。

我努力計算著要花多久的時間跑到那條小路去，或許最多十秒鐘吧。然後，在另外的五秒鐘，我可以跑進去樹林的深處，讓整座樹林保護我。

我做得到的，我這麼想。

我可以在十秒鐘內不見。

我做了個深呼吸。鼓起勇氣做好準備，我繃緊了腿部的肌肉，準備要跑。

然後我看了看隊伍前面。

讓我毛骨悚然的是，艾爾叔叔正看著我，而且他手裡拿著一把來福槍。

20.

當我看到他手裡的來福槍時，我大叫了起來。

他讀出了我的想法嗎？他知道我就要逃走了嗎？

當我張口結舌的看著來福槍的時候，我的背脊升起一股涼意。我把眼睛移到艾爾叔叔的臉時，我知道他沒有在看我。

他把注意力轉移到那兩個管理員身上，他們把背包放到地上，彎腰貼近背包，想要打開它們。

「我們為什麼停下來了？」在我前面叫做泰勒的孩子問我。

「徒步旅行已經結束了嗎？」另一個孩子開玩笑的說，其他孩子也笑了起來。

「我想我們現在可以回去了。」另一個孩子說。

這句英文怎麼說

我想我們現在可以回去了。
Guess we can go back now.

當賴利跟其他管理員開始從兩個背包裡拿出來福槍時，我不可置信的站著看他們。

「排好隊，一人拿一枝。」艾爾叔叔命令我們，一邊用來福槍柄輕輕敲著地面。「每個男孩子拿一枝來福槍。來吧！快一點！」

沒有人移動。我想每個人都以爲艾爾叔叔是在開玩笑之類的。

「你們這些男孩子是怎麼了？我說快一點！」他生氣的狂吼著。他抓起了一大把來福槍，沿著隊伍走下去，向每個男孩子一人塞一枝來福槍。

他很用力的將一枝來福槍推向我的胸部，我搖晃著向後退了幾步。就在槍掉到地面之前，我抓住了槍管。

「怎麼回事啊？」泰勒問我。

我聳了聳肩膀，震驚的檢視著來福槍。我以前從來沒有拿過眞槍。我的父母反對使用槍枝。

過了幾分鐘之後，我們全部都在樹蔭下排好隊，每個人手裡都拿著來福槍。

艾爾叔叔站在隊伍中間，要我們排成一個緊密的圓圈，好讓我們聽得到他說話。

「發生了什麼事啊？這是打靶練習嗎？」有一個男孩子問。

賴利和其他管理員聽了這話都在偷笑。艾爾叔叔的表情依舊僵硬而嚴肅。

「給我聽好！」他咆哮著。「不要再開玩笑！這是很嚴肅的任務。」

我們圍成的圈圈環繞著他，我們變得相當安靜。

一隻鳥在旁邊的樹上嘰嘰喳喳的叫著。不知怎麼的，那倒是提醒了我有關我的逃跑計畫。

我將會因爲沒有逃跑而感到遺憾嗎？

「昨天晚上有兩個女孩子，從女子營地逃跑了。」艾爾叔叔用一種單調而公式化的口吻宣布著，「一個金髮，跟一個紅髮的。」

唐跟朵芮！我對自己說，一定是她們。

「我相信，」艾爾叔叔繼續說著，「這兩個女孩子一定就是偷偷跑到男生營地，還有之前躲在水岸邊附近好幾天的那兩個女孩子。」

眞棒！我高興的想著。

這句英文怎麼說

這是打靶練習嗎？
Is this target practice?

那就是唐跟朵芮！她們逃走了！

我突然發現一個開心的笑容浮現在我臉上。很快的，我趕在艾爾叔叔看到我對這個消息的開心反應前，收起了笑容。

「那兩個女孩子就在樹林裡面，男孩們！她們就在附近而已。」艾爾叔叔繼續說，他舉起了來福槍，「你們的來福槍都裝上彈藥了。當你們看到她們的時候，小心的瞄準，她們沒辦法從我們手中逃跑的！」

21.

「啊？」我難以置信的倒抽一口氣說，「你的意思是我們應該要射殺她們？」

我環視了一圈參加露營的人，他們看來都跟我一樣茫然和困惑。

「是的，你們應該要射殺她們，」艾爾叔叔冷冷的回答我。「我告訴過你們了，她們想要逃跑。」

「可是我們不可以這麼做啊！」我大聲叫著。

「這很簡單的。」艾爾叔叔說著。他舉起了來福槍，放在肩膀上，假裝要開槍了。「看到了沒有？這根本不算什麼。」

「可是我們不可以殺人啊！」我堅持著。

「殺人？」在深色眼鏡後面，他的表情都變了。「我沒有說到任何有關殺人

這句英文怎麼說

他在挑戰我。
He was challenging me.

的事情，不是嗎？這些槍都是裝入鎮定劑的標槍。我們只是要阻止這些女孩子而已，不是要傷害她們。」

艾爾叔叔向我走近了兩步，他的手裡仍然握著來福槍。他略帶威脅的站在我旁邊，壓低了臉靠近了我的臉。

「你對於這樣的處理方式有問題嗎，比利？」他問著我。

他在挑戰我。

我看到其他男孩子都向後退了。

樹林變得很安靜，連小鳥都不再吱吱喳喳了。

「你對於這樣的處理有問題嗎？」艾爾叔叔又說了一次，他的臉離我好近，都可以聞到他酸臭的呼吸。

我嚇得向後退了一步，接著又是另一步。

爲什麼他要這樣對我呢？爲什麼他要這樣挑戰我呢？

我做了一個深呼吸，然後屏住氣，接著盡我所能的尖叫出來，「我……我不會這樣做的！」

我完全不明白我到底在做什麼，我舉起了來福槍放到肩膀上，把槍管瞄準了艾爾叔叔的胸膛。

「你會遺憾的，」艾爾叔叔低聲咆哮著。他扯下了太陽眼鏡，把它丟進了樹林裡，接著他瞇著眼睛狂怒的看著我。「把來福槍放下，比利。這樣做你會感到後悔的。」

「不，」我告訴他，堅持著我的立場。「我不會的。露營結束了，你沒辦法再做任何事情了。」

我的腿抖得很厲害，實在很難站得穩。

但是我不會傷害唐跟朵芮，我絕不會做任何艾爾叔叔要求的事情，永遠都不會。

「把來福槍給我，比利，」他用低沉威脅的口吻說著，並伸出手來要拿走我的槍。「把槍交出來吧！」

「不！」我對著他叫道。

「現在就把它交出來，」他命令我，他的眼睛瞇的很小，憤怒的瞪視著我。「就

這句英文怎麼說

現在就把它交出來。
Hand it over now.

是現在！」

「不！」我大喊著。

他眨了眨眼看我，又眨了一下。

接著他突然撲向我。

我向後退了一步，來福槍瞄準了艾爾叔叔。我拉起了扳機。

22.

來福槍發出輕輕的砰一聲。

艾爾叔叔把頭向後仰放聲大笑，把他的來福槍放到腳邊。

「嘿！」我大聲喊叫著，覺得很疑惑，仍舊把來福槍瞄準了他的胸膛。

「恭喜你啊，比利！」艾爾叔叔笑著露出牙齒親切的對我說，「你通過了。」

他向前走，伸出手來握住我的手。

其他露營者也都放下了來福槍。

我掃視了他們一眼，看到他們也都露出牙齒開心的笑著。

賴利也在笑著，對我眨了眨眼，豎起大拇指表示贊許。

「到底是怎麼一回事啊？」我狐疑的問著大家，慢慢的把來福槍放了下來。

這句英文怎麼說

你通過了。
You passed.

艾爾叔叔抓住了我的手緊緊握著。

「恭喜你，比利，我知道你會通過的！」

「啊？我不懂你的意思！」

我尖叫，感到挫敗不已。

艾爾叔叔沒有向我解釋任何事情，他轉身面向樹叢，然後喊叫著說：「好了，各位！遊戲結束了！他通過考驗了！出來恭喜他吧！」

正當我難以置信瞪視著，吃驚得張大嘴巴幾乎碰到了膝蓋時，大家從樹叢後面走了出來。

第一個走出來的是唐跟朵芮。

「妳們躲在樹後面！」我叫著。

她們笑著回答我。

「恭喜你！」唐叫了出來。

接著其他人也走出來了，大家開心的笑著恭喜我。

當我看到了麥可時，尖叫了起來，他真的沒事呢！

在他旁邊的是杰伊和羅傑！

柯林從樹林裡面走出來，後面跟著湯米和克里斯，大家高興的微笑著，而且都安然無恙。

「怎麼了？到底發生了什麼事情？」我結結巴巴說著，我目瞪口呆，只覺得一陣暈眩。

我不懂……我眞的不懂？

接著我的爸媽從樹林裡走了出來。

媽媽朝我奔跑過來，給我一個擁抱，爸爸輕輕拍著我的頭，「我知道你會通過的，比利。」他說著，我看到他眼中泛著高興的淚光。

終於，我再也忍受不了了。我輕輕推開了媽媽，我問她，「通過了什麼？這是怎麼回事？到底怎麼了？」

艾爾叔叔把手搭在我的肩膀上，引領著我走出露營隊伍。爸爸跟媽媽也緊跟在他後面。

「這不是一個眞正的夏令營，」艾爾叔叔向我解釋，依然對我露齒而笑，他

這句英文怎麼說

你們為什麼沒有告訴我呢？
How come you didn't tell me?

的臉泛著粉紅色的亮光，「這是一個政府測試研究室。」

「什麼？」我用力的吞了吞了口水。

「你知道你的父母是科學家，比利，」艾爾叔叔繼續說著，「這個嘛，他們就要離開去進行一個非常重要的探險。而且，這次他們希望能帶著你一起去。」

「你們爲什麼沒有告訴我呢？」我問爸媽。

「我們不能說啊！」媽媽說。

「根據政府規定，比利……」艾爾叔叔繼續說，「小孩子是不被允許參加官方的探險計畫，除非他們能通過某些測驗，也正是你現在在這裡做的事情！你正在參加測驗。」

「能測試出什麼呢？」我問著，還是相當茫然。

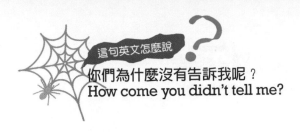

「這個嘛，我們想看看你是否可以遵守規定，」艾爾叔叔解釋，「當你拒絕到『禁地小屋』時，你通過了測試。」他舉起了兩根手指頭，「第二，我們必須測試你的勇氣，你營救了賴利，證明了你的勇氣。」

他舉起了第三根手指頭，「第三，我們必須看看你是否知道什麼時候不用遵守命令。你拒絕傷害唐和朵芮，所以通過了這個測試。」

「每個人都在這個測驗裡頭嗎？」我問，「全部參加露營的人？那些管理員呢？每一個人？他們全都是演員嗎？」

艾爾叔叔點點頭說，「他們都是在這個實驗室工作的人。」他的表情變得嚴肅。「你明白嗎？比利，你的父母想要帶著你到一個危險的地方，也許是宇宙中最危險的地方。所以我們必須要確定你有辦法勝任。」

宇宙中最危險的地方？

「在哪裡啊？」我問爸媽。「你們要帶我去哪裡呢？」

「一個叫做『地球』的奇怪星球。」爸爸回答了我，他看了媽媽一眼。

「它距離這裡很遠，不過那是個很刺激的地方。那裡的居民怪異而且無法預料，從來沒有人研究過他們。」

我夾在爸爸和媽媽中間邊走邊笑著，雙手環抱著他們。

「地球？聽來很奇怪。不過不可能比月夜營地更危險刺激的！」我說著。

「我們會看到的，」媽媽平靜的回答我，「我們將會看到的。」

我們一路都在荒野中。
We were way out in the wilderness.

我有點兒杞人憂天吧！
I'm a bit of a worrier.

他只是在開玩笑。
Just kidding around.

我在座位底下發現它黏在那兒！
I found it stuck under the seat!

他變成一頭怪物了！
He's turned into a monster.

也許這裡就是營區吧。
Maybe this is the camp.

我們為什麼要停在這裡？
Why are we stopping here?

我去看看發生了什麼事。
I'll go find out.

或許這樣可以把牠們嚇跑！
Maybe we can scare them away!

牠們看起來很餓！
They look hungry.

我躲不開的。
I can't get away.

我們上車吧！
Let's load up.

那些可怕的動物是什麼？
What were those awful animals?

歡迎來到美麗的月夜營地！
Welcome to beautiful Camp Nightmoon.

- 我就是那位幸運兒！

  I’m the lucky one.

- 別再開那種老掉牙的玩笑了！

  Not that old joke!

- 你最好快去找護士。

  You'd better hurry to the nurse.

- 正經點！

  Let’s get serious here.

- 謝謝你的大力幫忙。

  Thanks for all your help.

- 他去找護士了。

  He went to found the nurse.

- 你們只能靠自己。

  You’re on your own.

- 晚上九點鐘準時熄燈。

  Lights out is at nine sharp.

- 你們看到那座小屋了嗎？

  Do you see that cabin over there?

- 我們去看看吧！

  Let’s go see.

- 你聽到了嗎？

  Do you hear that?

- 你怎麼知道？

  How do you know?

- 每個營地都有專屬的鬼故事。

  Every camp has its own ghost story.

- 我只是希望你們不要惹上麻煩。

  I'm trying to save you guys some trouble.

我的確是開始想家了。
I was definitely homesick.

我們在學校常常玩。
We play it a lot in school.

我發現柯林不是很有運動細胞。
I realized that Colin wasn't very athletic.

我不是故意要丟他的！
I didn't mean to throw it at him.

這事不該發生的。
This shouldn't have happened.

本來我並不打算告訴任何人。
I wasn't going to tell anyone.

他這一兩天就會恢復了。
He'll be just fine in a day or two.

比利出事囉！
Billy had an accident.

你完了！
You're dead meat now!

我不太喜歡唱歌。
I didn't feel much like singing.

你會後悔的。
You're going to miss out.

我有預感。
I just know it.

他那頭濃密的頭髮好像豎了起來。
His bushy hair appeared to stand straight up.

不要讓牠抓我！
Don't let it get me.

沒有動物爬進來。

No creature jumped in.

沒有他的蹤影。

No sign of him.

冷靜點，各位。

Take a breath, guys.

你不在乎我們發生了什麼事嗎？

Don't you care what happens to us?

根本就沒有羅傑這個人。

Not Roger at all.

嘿，等等我呀！

Hey，wait up.

我沒辦法掙脫。

I'd been caught off guard.

那是違反規定的！

It's not allowed.

你們一定要小心。

You've got to be careful.

我要打電話給爸爸、媽媽。

I'll call Mom and Dad.

這個公用電話是塑膠做的。

The pay phone was plastic.

你被騙了嗎？

Did it fool you?

我們必須逃到外面去！

We have to get out!

現在換我覺得驚訝了。

It was my turn to be surprised.

名單裡沒有你。
You weren't on the list.

可是我網球打得糟透了！
But I'm a terrible tennis player!

所有的信都沒被寄出去。
None of letter had been mailed.

但是他們沒有出現。
But they didn't show up.

遊戲在熄燈前結束了。
The games ended a little before lights out.

挺舒服的啊！
Kind of cozy.

懇親日取消了。
Visitors Day has been canceled.

他們很快就會過來這裡了。
They'll be here soon.

急流來了！
Here come the rapids.

賴利不見了。
Larry didn't come up.

等我去救賴利！
Wait for me to get Larry!

他輕聲喊出我的名字。
He whispered my name.

我的獨木舟呢？
What about my canoe?

我睡得很熟。
I fell into deep blackness.

他們會出現的。

They'll turn up.

到外面排隊！

Line up outside.

我可以逃跑！

I can escape.

等待時機正確。

Wait till the time is right.

我想我們現在可以回去了。

Guess we can go back now.

這是打靶練習嗎？

Is this target practice?

他在挑戰我。

He was challenging me.

現在就把它交出來。

Hand it over now.

你通過了。

You passed.

你們為什麼沒有告訴我呢？

How come you didn't tell me?

午夜的稻草人

The Scarecrow Walks at Midnight

這裡完全與外界隔離了！

裘蒂暑假到鄉下的外公、外婆家玩，
但外公、外婆變得跟以前不一樣了；
更詭異的是，午夜時刻的玉米田中，
有「人」在走動……

恐怖樂園

One day at Horrorland

下一個遊戲，可能是他們玩的最後一個遊戲…

莫里斯家在前往動物園的途中迷了路。
不過，他們意外來到另一個遊樂園──「恐怖樂園」。
這裡的一切非常詭異，每項遊戲都很嚇人，
而且，還太眞實了一點兒……

每本定價 199 元

雞皮疙瘩系列 06

歡迎光臨惡夢營

原 著 書 名—— Welcome to Camp Nightmare
原 出 版 社—— Scholastic Inc.
作　　　者—— R.L. 史坦恩（R.L.STINE）
譯　　　者—— 麗妲
責 任 編 輯—— 劉枚瑛、何若文
文 字 編 輯—— 黛西

國家圖書館出版品預行編目 (CIP) 資料

歡迎光臨惡夢營　/ R. L. 史坦恩 (R. L. Stine) 著 ; 麗妲 譯 .
-- 2 版 . -- 臺北市 : 商周出版 : 家庭傳媒城邦分公司發行 ,
民 104.08 184 面 ; 14.8 x 21 公分 . -- (雞皮疙瘩系列 ; 6)
譯自 : Welcome to Camp Nightmare
ISBN 978-986-272-839-0(平裝))
874.59　104010932

版　　　權—— 翁靜如、吳亭儀
行 銷 業 務—— 林彥伶、石一志
總　編　輯—— 何宜珍
總　經　理—— 彭之琬
發　行　人—— 何飛鵬
法 律 顧 問—— 台英國際商務法律事務所 羅明通律師
出　　　版—— 商周出版
臺北市中山區民生東路二段 141 號 9 樓
電話：(02) 2500-7008 傳真：(02) 2500-7759
E-mail：bwp.service @ cite.com.tw
發　　　行—— 英屬蓋曼群島商家庭傳媒股份有限公司城邦分公司
臺北市中山區民生東路二段 141 號 2 樓
讀者服務專線：0800-020-299 24 小時傳真服務：(02)2517-0999
讀者服務信箱 E-mail：cs @ cite.com.tw
劃 撥 帳 號—— 19833503 戶名：英屬蓋曼群島商家庭傳媒股份有限公司城邦分公司
訂 購 服 務—— 書虫股份有限公司客服專線：(02)2500-7718；2500-7719
服務時間：週一至週五上午 09:30-12:00；下午 13:30-17:00
24 小時傳真專線：(02)2500-1990；2500-1991
劃撥帳號：19863813 戶名：書虫股份有限公司
E-mail：service@readingclub.com.tw
香港發行所—— 城邦（香港）出版集團有限公司
香港 灣仔 駱克道 193 號超商業中心 1 樓
電話：(852) 2508-6231 傳真：(852) 2578-9337
馬新發行所—— 城邦（馬新）出版集團
Cité (M) Sdn. Bhd. 41, Jalan Radin Anum,
Bandar Baru Sri Petaling, 57000 Kuala Lumpur, Malaysia.
電話：(603)9057-8822 傳真：(603)9057-6622
商周出版部落格—— http://bwp25007008.pixnet.net/blog
政院新聞局北市業字第 913 號

美 術 設 計—— 王秀惠
印　　　刷—— 卡樂彩色製版有限公司
總　經　銷—— 高見文化行銷股份有限公司 客服專線：0800-055-365
電話：(02)2668-9005 傳真：(02)2668-9790

■ 2003 年（民 92）04 月初版
■ 2020 年（民 109）06 月 18 日 2 版 3 刷
■ 定價 / 199 元

ISBN 978-986-272-839-0

Printed in Taiwan
城邦讀書花園
www.cite.com.tw

Goosebumps®

Goosebumps®